一笑

古龍著

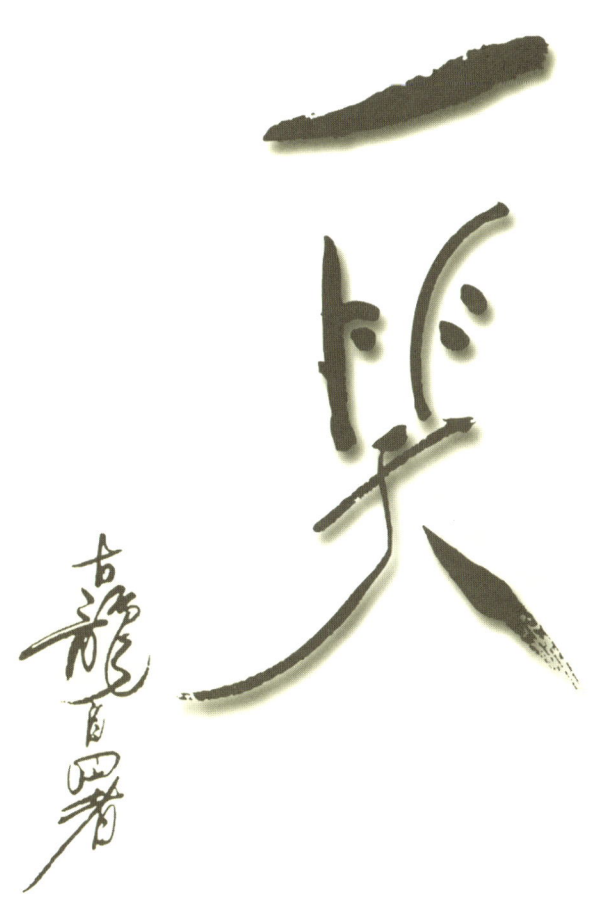

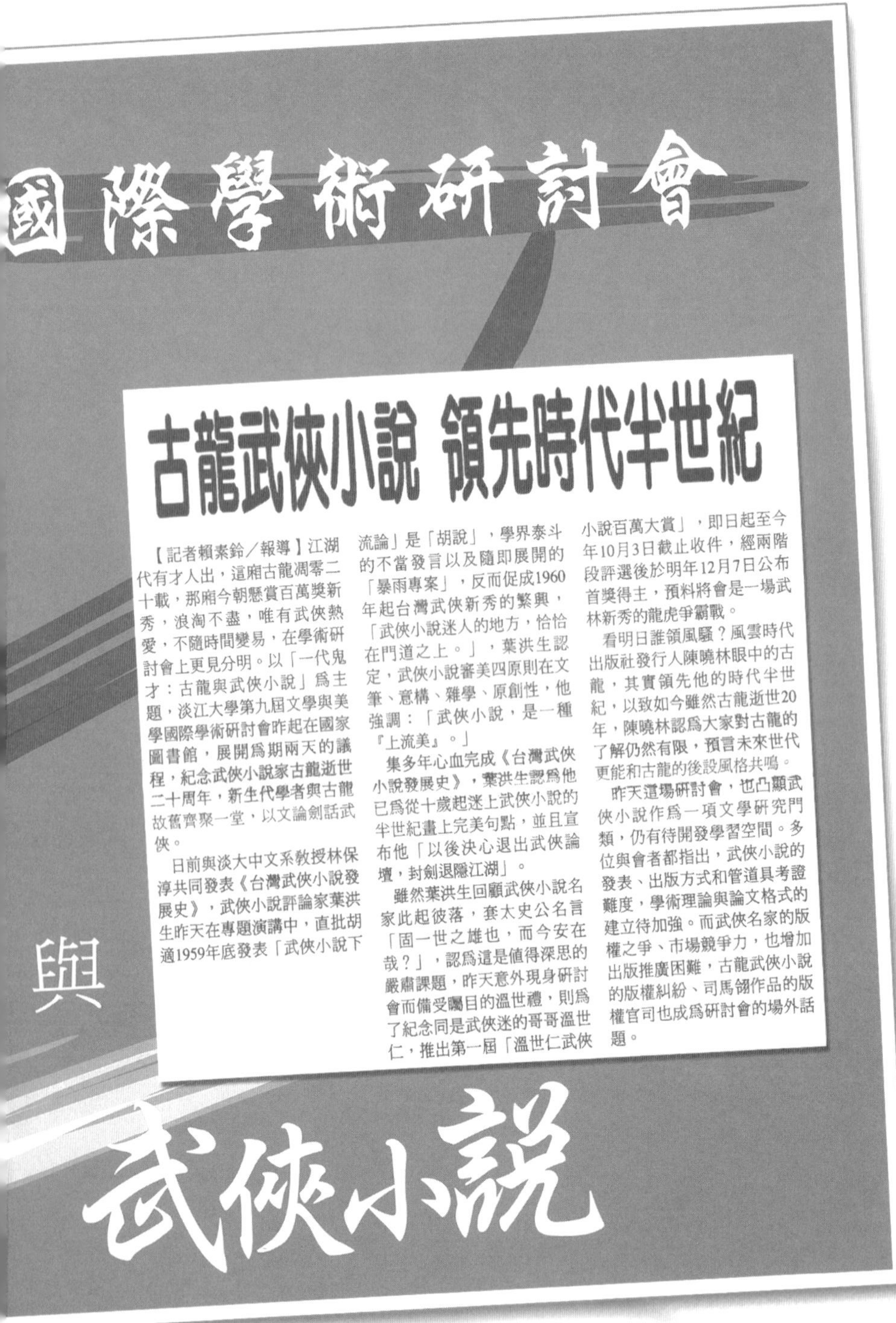

古龍武俠小說 領先時代半世紀

【記者賴素鈴／報導】江湖代有才人出，這廂古龍凋零二十載，那廂今朝懸賞百萬獎新秀，浪淘不盡，唯有武俠熱愛，不隨時間變易，在學術研討會上更見分明。以「一代鬼才：古龍與武俠小說」爲主題，淡江大學第九屆文學與美學國際學術研討會昨起在國家圖書館，展開爲期兩天的議程，紀念武俠小說家古龍逝世二十周年，新生代學者與古龍故舊齊聚一堂，以文論劍話武俠。

日前與淡大中文系教授林保淳共同發表《台灣武俠小說發展史》，武俠小說評論家葉洪生昨天在專題演講中，直批胡適1959年底發表「武俠小說下流論」是「胡說」，學界泰斗的不當發言以及隨即展開的「暴雨專案」，反而促成1960年起台灣武俠新秀的繁興，「武俠小說迷人的地方，恰恰在門道之上。」，葉洪生認定，武俠小說審美四原則在文筆、意構、雜學、原創性，他強調：「武俠小說，是一種『上流美』。」

集多年心血完成《台灣武俠小說發展史》，葉洪生認爲他已爲從十歲起迷上武俠小說的半世紀畫上完美句點，並且宣布他「以後決心退出武俠論壇，封劍退隱江湖」。

雖然葉洪生回顧武俠小說名家此起彼落，套太史公名言「固一世之雄也，而今安在哉？」，認爲這是值得深思的嚴肅課題，昨天意外現身研討會而備受矚目的溫世禮，則爲了紀念同是武俠迷的哥哥溫世仁，推出第一屆「溫世仁武俠小說百萬大賞」，即日起至今年10月3日截止收件，經兩階段評選後於明年12月7日公布首獎得主，預料將會是一場武林新秀的龍虎爭霸戰。

看明日誰領風騷？風雲時代出版社發行人陳曉林眼中的古龍，其實領先他的時代半世紀，以致如今雖然古龍逝世20年，陳曉林認爲大家對古龍的了解仍然有限，預言未來世代更能和古龍的後設風格共鳴。

昨天這場研討會，也凸顯武俠小說作爲一項文學研究門類，仍有待開發學習空間。多位與會者都指出，武俠小說的發表、出版方式和管道具考證難度，學術理論與論文格式的建立待加強。而武俠名家的版權之爭、市場競爭力，也增加出版推廣困難，古龍武俠小說的版權糾紛、司馬翎作品的版權官司也成爲研討會的場外話題。

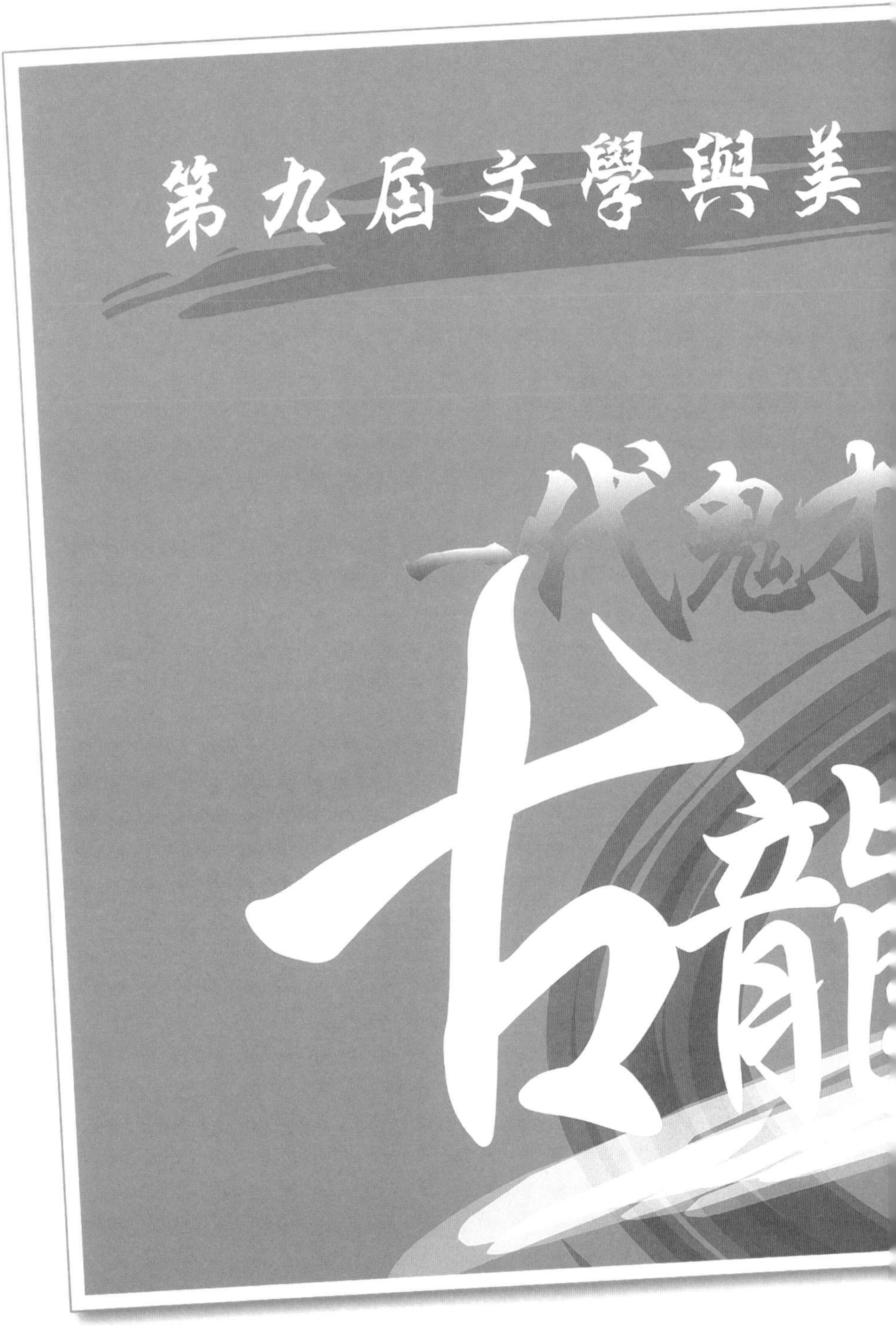
第九屆文學與美
一代鬼
古

古龍兄為人慷慨豪邁、跌蕩自如，變化多端，文如其人，且復多奇氣，惜英年早逝，余與古兄當年交好，且喜讀其書，今後不見其人，又無新作可讀，深自嗟惜。

金庸

一九九六、十、十一、香港

三少爺的劍

（上）

【導讀推薦】

藏在霧裡的劍

一、倫理的抉擇

在黃昏的霧氣中，醫生簡傳學向神劍山莊三少爺謝曉峰解釋，自己爲何不能遵守「天尊」的命令，用毒藥害死他。簡傳學說道：

「我跟他不同，他學的是劍，我學的是醫。醫道是濟世救人的，將人的性命看得比什麼都重。我投入天尊只不過幾個月，學醫卻已有二十年，對人命的這種看法，早已在我心裡根深蒂固。所以不管天尊要我怎麼做，我都絕不會將人命當做兒戲，我一定會全心全力去為他醫治。」

殺手和醫生的生命觀當然不同。而這種不同，不僅指人對自己生命的看法，人對自己的權利與義務，也包含了人對他人的權利與義務、人對他人生命之看法及倫理態度。

從醫生的角度說，人有權利也有義務積極地維護自己的肉體生命，以衣、食、住和醫藥來存養；也有權利及義務消極地維護自己肉體生命，不自殺也不自我殘傷。死亡是神或命運的事，人並無自主權。由此延伸出來看，人對他人亦不得殘傷殺害。但從殺手的角度說，完全不是這麼回事，殺手必須殺人，殺人即是權利也是義務。若不殺人或殺人不成，往往自己就得被殺。因此，醫生與殺手的倫理態度恰好是矛盾的、對立的。

世上本來就有很多矛盾的事，不同的人有不同的生命觀、倫理態度也不足為奇。但假若一個人既是醫生又加入了殺手集團，那麼，在他身上便不可避免會有倫理的衝突。兩種或多種矛盾的生命觀在心頭激擾衝撞，彼此爭執。究竟該怎麼辦呢？這時，人就不免要歷盡掙扎，勉強做些倫理抉擇了。

簡傳學講的，就是這種倫理抉擇的處境。

抉擇通常都是困難而且痛苦的，必須幾經掙扎才能做出決定。但又不是一次就夠了，人生總在不斷抉擇之中。簡傳學在此處雖然已決定救活人的性命，服膺他醫者的倫理信念；但接著，他又為了要不要告訴謝曉峰一個真正能治好他絕症的去處而躊躇不已。他必須告訴謝曉峰，因為醫生總不能睜著眼睛看人走向死亡；他又不能說，因為那位能治癒謝曉峰的人，一旦救活了他，就會殺了他；若不能殺死他，則那個人必會被殺。這是個倫理的困境。在這個困境中，他矛盾極了。

夜色漸深，霧又濃，簡傳學不知如何是好。他喊謝曉峰！但霧色淒迷，看不見人，也聽不見回應。他不停地奔跑呼喊。總算最後他想出了一個方法：絕不能做見死不救的醫生，把性命看得比什麼都重的醫生，遂把刀刺進了自己的心臟。

困鬱在倫理困境中的人，若不能突圍而出，找到令自己心安的抉擇，就只能選擇自殺。雖然這也違背了他廿年來所服膺的信條，但那又有什麼法子呢？

這是《三少爺的劍》中一則小小的故事，簡傳學是其中一個小小的人物。但是，整部小說，所有的人物，不都處在這樣的倫理抉擇的境遇中嗎？

二、存在的困境

古龍在《三少爺的劍》裡，講的是一個並不太曲折的故事：神劍山莊的三少爺謝曉峰，劍法通神，天下無敵。但他厭倦了殺戮比劍的生涯，詐死逃世。隱姓埋名，藏身於市井之中。人人都以為他是無用的人，喚他「無用的阿吉」。他從事的也都是最卑微最低賤的工作。直到有一天，他為了保護市井中被欺凌的弱小婦孺，不得不挺身而出，以致被惡勢力追殺，並挖掘出他的身世來。為了應付無盡的追殺，並維護他家族以及「謝曉峰」這個名字的名譽，他只好一再與人對劍。最後，他遇到了燕十三。

燕十三也是一位要找他比劍的人，彼所創之奪命十三劍固然尚不足以與他抗衡，但此人就是簡傳學所不能說出的那位「一旦救活了他，就會殺他；若不能殺死他，則會被殺」的人。謝曉峰若不自殺，只能殺他。可是，奪命十三劍的劍招卻又有了發展與變化，變化出了第十四招以及燕十三自己也無法控制的第十五招。這是必殺的絕招，謝曉峰也無法破解。燕十三眼看就可以把他殺了。但燕十三並不想殺他，所以，只好迴劍自殺。

謝曉峰逃名棄武，是書中主軸。這個倫理抉擇雖被客觀環境打斷了，逼使他不得不恢復謝家三少爺的身分，繼續與人比劍；但跟燕十三決戰完畢後，他就乾脆把兩隻手的大姆指都給削斷了，讓自己終生不再能使劍。別人覺得驚訝，他卻說如此才能獲得心中的平靜。

為什麼平靜？因為這才符合他的理想，這才是他所要的人生。「一個人只要能求得心中平靜，無論犧牲什麼都是值得的」（四七章），所以他做了這樣的選擇。

燕十三的選擇與他不同。謝曉峰詐死騙過他時，他便把劍沉入江中了，「因為他平生最大的願望，就是要和天下無雙的謝曉峰決一死戰。只要願望能夠達到，敗又何妨？死又何妨？」（四五章）謝曉峰若已死，他的人生也就如秋風中的殘葉，即將枯萎。這種人生，也是他選擇的。

但燕十三「最後的抉擇」卻不只是與謝曉峰決一死戰，而是決戰之後所面對的勝敗問題。在從前，燕十三自知必敗，故只考慮到敗與死。不料劍招的發展連他自己也不能控制。奪命十五劍出現時，他極度驚懼。因爲他不但發現了一條自己都無法掌控的毒龍，也面臨了前所未有的倫理情境：此招必殺，必可勝過謝曉峰，也一定可以殺死他，但該不該、能不能、願不願殺他呢？燕十三迴劍自殺，就是他選擇了的答案。做了這樣的抉擇之後，「他的眼神忽然變得清澈而空明，充滿了幸福和平靜。」（四六章）

他的抉擇與謝曉峰不同，但一樣求仁得仁，一樣求得了心中的平靜。也就是說，倫理抉擇不僅是權利與義務的問題，也涉及個人幸福與否的問題、人生之目的問題。

倫理學上對於幸福的看法，向來有「客觀幸福」與「主觀幸福」兩派。謝曉峰、燕十三，和許許多多這本書中的人物，他們所追求的，應該是主觀的幸福吧。就像妓女娃娃，嫁給了殺害她一家而後來瞎了眼的仇人竹葉青。旁人看著難受，甚至覺得不可思議，娃娃卻覺得很好：「只有陪在他身邊，我才會覺得安全幸福。」（四七章）幸福感，是別人無法衡量的。

三、無奈的命運

他們都追求到了他們的幸福。

是的。

但真是這樣嗎？

謝曉峰逃名避世，乃至削指棄劍，卻一再被迫出手。縱使已無劍、已不再能使劍，仍然不能避免別人要求找他比劍。因此，全書最後一句話，是「紅旗鏢局」總鏢頭鐵開誠說的，他說：「只要你一旦做了謝曉峰，就永遠是謝曉峰。就算你不再握劍，也還是謝曉峰。」（四七章）

個人確實可以做倫理抉擇，但是抉擇能否實現、是否有效，能不能獲得我們所想追求的幸福，通常並不由我們決定。

對於生活的境況，我們固然可以有「渴望的境況」（world of desire）；然而我們卻不能不存活在一種「限度的境況」（world of limits）中。一切都是有限度的，年齡不能久長，體力、金錢、智識，什麼都有其局限。這個局限，便限制住了我們，讓我們的渴望永遠只能是渴望。

而且，限度境況不只是一種消極的限制，使我們的渴望無法達成而已。它更是積極的，可以把你的渴望扭轉到你所根本不願、不忍、不敢的那一方面去。你抉擇甲，放棄乙，但在人生的限度境況中，你卻偏偏得到乙，或根本就只能去抉擇乙。

而對這般限度壓力，人能怎麼辦呢？

燕十三，「燕十三是個寂寞而冷酷的人。一種已深入骨髓的冷漠與疲倦。他疲倦，只因爲他已殺過太多人，有些人甚至是不該殺的人。他殺人，只因爲他從無選擇的餘地。」

謝曉峰，「謝曉峰從心底深處發出一聲嘆息。他了解這種心情，只有他了解得最深。因爲他也殺人、也同樣疲倦。他的劍和他的名聲，就像個永遠甩不掉的包袱，重重地壓在他肩上，壓得他氣都透不過來。」（三六章）

他們面對這種無可抗拒的壓力，確實都應付得十分疲倦了。所以，謝曉峰想逃，想把他的劍和他的名聲甩掉。燕十三大概也是。說不定，燕十三最後選擇自殺，其實算不上是一種選擇，而也是逃避。想逃避他一再殺人的命運。

但命運對每個人都是個無從逃避的限制，而像他們這樣的人——江湖人，可能對限度境況會有更深刻的體會。不是說了「人在江湖，身不由己」嗎？據謝曉峰的體會：

江湖中本就沒有絕對的是非，江湖人為了要達到某種目的，本就該不擇手段。他們要做一件事的時候，往往連他們自己都沒有選擇的餘地。沒有人願意承認這一點，更沒有人能否認。這就是江湖人的命運，也是江湖人最大的悲哀（四一章）。

在體會到這一點時，謝曉峰正站在黃昏的霧中。

「黃昏本不該有霧，卻偏偏有霧，夢一樣的霧。人們本不該有夢，卻偏偏有夢。謝曉峰走在霧中，走入夢中。是霧一樣的夢，還是夢一樣的霧？」夢，就是人的渴望；霧，則是那把人籠罩裏住且無所遁逃的江湖或命運。夢本來不是霧，可是當人在霧中，霧看起來也就像夢了。

四、夢霧的江湖

一切倫理行爲或道德態度，都必須在「自由」的情況下才有意義。只有行動者的身心都在不受任何壓力的情況下，人的行爲才能對自己負倫理責任，才能被判斷爲道德或不道德。

這所謂自由，包括理解、意志的決定、行動以及選擇的自由。理解是對事物理性的判斷，例如燕十三自知去神劍山莊赴約乃是送死，但他有與謝曉峰一戰的強烈意願，所以意念仍然決定他要赴約。他赴約也無人能予阻止，這就是行動的自由。依此來看，燕十三是自由的，他也準備承擔所有後果。

然而，燕十三爲什麼要去找謝曉峰比劍呢？燕十三要去找謝曉峰，就像其他許許多多劍客也不斷來找燕十三一樣。「他的名氣和他的劍，就是麝的香、羚羊的角」（一章），不斷會有人來殺他。若殺不死他，就要被殺。

這個邏輯，就是江湖人的命運。表面上看起來，燕十三和其他許多死於劍下的劍士相同，都是自由的，都追尋到了自己的夢。但深一層看，那些夢其實只是霧，燕十三的自由，乃是命運之不得不然。

燕十三的命運，其實也就是謝曉峰的命運，是所有江湖人基本的命運狀況。但謝曉峰的情形又有所不同，他比一般江湖人要面對更複雜的處境。因爲燕十三只是一個人，他的倫理抉擇或困境都只是他一個人的事，謝曉峰則不。謝曉峰是神劍山莊的三少爺。這個身分，迫使他必須背負著自己對家族的權利與義務。

個人對自己或對他人的權利與義務，屬於個人倫理學的範圍。人對家庭或家族，則構成社會倫理學的議題。在這部武俠小說中，並沒有涉及人與國家社會的權利義務問題，卻以極大的篇幅在處理人與家庭的難題。

在婚姻的條件與責任方面，夏侯星與薛可人、謝曉峰與慕容秋荻、竹葉青與娃娃，都是不同的案例，各有不同的處理與抉擇。薛可人選擇了逃避，但逃不了。慕容秋荻與謝曉峰愛恨交織而不曾婚配，娃娃則選擇了與竹葉青廝守而不逃避。

其中，謝曉峰的問題最複雜，因他未與慕容秋荻結婚，所以有一個私生子謝小荻。他們的父子關係，與鐵中奇和鐵開誠迥然不同。鐵開誠爲了維護父親的英名，寧受冤屈而死，也不願父親的名聲受損。謝小荻面對父親愛怨交織，爲了父親不能認他而怨；對於父親的威名，自己既覺榮寵又希望能超越他，以證明自己，所以他其實一直處在極矛盾的境況中。

謝曉峰比謝小荻更糟，他一方面要處理他與慕容秋荻、謝小荻的關係，一方面又背負著神劍山莊的榮辱。「也許他並不想殺人。他殺人，是因為他沒有選擇的餘地」（九章）。翠雲峰下、綠水湖畔、神劍山莊的三少爺，號稱「天下第一劍」。這樣的名聲，這樣的謝曉峰，怎能不繼續與人比劍，為了他的名聲和劍而戰？他雖然極度厭倦這種生涯，但只要他是謝曉峰，他就不能敗。「這就是江湖人的命運，生活在江湖中，就像是風中的落葉，水中的浮萍，往往都是身不由主的。」（四一章）

五、殺人或自殺

身不由主，無法掌控的，除了命運，還有劍。

古龍這部小說最精采處，就在寫這種人與劍的關係。江湖人使劍用劍，生命寄託在劍上，「他們已將自己的一生奉獻給了他們的劍，他們的生命正與他們的劍融為一體。因為只有劍，才能帶給他們聲名、財富、榮耀；也只有劍、才能帶給他們恥辱和死亡。劍在人在，劍亡人亡。對他們來說，劍不僅是一柄劍，也是他們唯一可以信任的伙伴。」（四十章）

但是，劍真能信賴嗎？

燕十三的奪命十三劍，在十三劍之後，他又找出了劍招的第十四個變化。這個變化，乃是「他已將他生命的力量注入了這柄劍裡」（四四章），所以這柄劍變得有了光芒、有了生命。可是，劍在這時，卻起了奇異的變化，出現了他根本沒有料到的第十五劍。

看到這一劍，燕十三並沒有爲之欣喜。相反地，他驚懼莫名。那是「一種人類對自己無法預知，也無法控制的力量所生出的恐懼。只有他自己知道，這一劍並不是他所創出來的。」（四五章），那像是藝術家神來之筆，得諸天機、生於造化、出於劍招本身的韻律，根本非人力所能測度、所能理解、所能掌握。而也正因爲如此，人對之才會驚恐莫名，猶如面對無法掌握的命運那樣。

在人不能對劍負責時，它的倫理抉擇，就是棄劍，或者自棄。於是，燕十三乃選擇了自殺。武俠小說寫人與劍的關係與感情者多矣，能如此深刻觸探這個困境與抉擇者，唯此而已矣！

佛光大學創校校長、中華武俠文學學會會長
龔鵬程

古龍精品集④

三少爺的劍（上）

【導讀推薦】藏在霧裡的劍……003
一　一劍穿心……017
二　時來運轉……029
三　千蛇怪劍……041
四　癡女情恨……057
五　獅子開口……071
六　飛來豔福……083
七　禍上身來……097

目錄

八 醉意如泥……113
九 深藏不露……127
十 劍在人在……143
十一 落魄浪子……159
十二 情深似海……173
十三 青衣軍師……189
十四 有恃無恐……203
十五 人事無常……217
十六 步步殺機……231

目錄

十七 漸露端倪……245
十八 判若兩人……259
十九 管鮑之交……275
廿 不祥預兆……291
廿一 恐怖黑殺……305
廿二 奇幻身法……319
廿三 江南慕容……335
廿四 地破天驚……349
廿五 捨我其誰……365

一　一劍穿心

劍氣縱橫三萬里。
一劍光寒十九洲。

殘秋。
木葉蕭蕭，夕陽滿天。
蕭蕭木葉下，站著一個人，就彷彿已與這大地秋色溶爲一體。
因爲他太安靜。
因爲他太冷。
一種已深入骨髓的冷漠與疲倦，卻又偏偏帶著種逼人的殺氣。
他疲倦，也許只因爲他已殺過太多人，有些甚至是本不該殺的人。
他殺人，只因爲他從無選擇的餘地。

他掌中有劍。

一柄黑魚皮鞘，黃金吞口，上面綴著十三顆豆大明珠的長劍。

江湖中不認得這柄劍的人並不多，不知道他這個人的也不多。

他的人與劍十七歲時就已名滿江湖，如今他年近中年，他已放不下這柄劍，別人也不容他放下這柄劍。

放下這柄劍時，他的生命就要結束。

名聲，有時就像是個包袱，一個永遠都甩不脫的包袱。

「九月十九，酉時。洛陽城外古道邊，古樹下。洗淨你的咽喉，帶著你的劍來！」

酉時日落。

秋日已落，落葉飄飄。

古道上大步走來一個人，鮮衣華服，鐵青的臉，一柄長劍斜插在肩後，一雙眸子卻像是出了鞘的劍，正盯在樹下的劍上。

他的腳步沉穩，卻走得很快，停在七尺外，忽然問：「燕十三？」

「是的。」

「你的奪命十三劍，真的天下無敵？」

「未必。」

這個人笑了，笑得譏誚而冷酷，道：「我就是高通，一劍穿心高通。」

「我知道。」

「是你約我來的？」

「我知道你正在找我。」

「不錯，我是在找你，因爲我一定要殺了你。」

燕十三淡淡道：「要殺我的人並不止你一個。」

高通道：「因爲你太有名，只要殺了你，就可以立刻成名。」

他冷笑著，又道：「要在江湖中成名並不容易，只有這法子比較容易。」

燕十三道：「很好。」

高通道：「現在我已來了，帶來了我的劍，洗淨了我的咽喉。」

「很好。」

「你的心呢？」

「我的心已死。」

「那麼我就讓他再死一次。」

劍光一閃，劍已出鞘，閃電般刺向燕十三的心。

一劍穿心。

就只這一劍，他已不知刺穿多少人的心，這本是致命的殺手！

可是他並沒有刺穿燕十三的心，他的劍刺出，咽喉突然冰冷。

燕十三的劍已刺入了他的咽喉。

刺入了一寸三分。

高通的劍跌落，人卻還沒有死。

燕十三道：「我只希望你知道，要成名並不是件很好受的事。」

高通瞪著他，眼珠已凸出。

燕十三淡淡道：「所以你還不如死了的好。」

他拔出了他的劍，慢慢的從高通咽喉上拔了出來，很慢很慢。

所以鮮血並沒有濺在他身上。

這種事他很有經驗，衣服若是沾上血腥，很不容易洗乾淨。

——要洗淨手上的血腥豈非更不容易？

暮色更深。

劍上的血已滴盡。

劍入鞘時，暮色中又出現了四個人。

四個人，四柄劍！

四個人的衣著都極華麗，氣派都很大，最老的一個鬚髮都已全白，最年輕的猶在少年。

燕十三不認得他們，卻知道他們是誰。

年紀最老的成名已四十年，一直在關外，獨創的「飛鷹十三刺」名震邊陲。

這次他入關，爲的就是找燕十三。

他不信他的飛鷹十三刺，比不上燕十三的奪命十三劍。

年紀最輕的，是江湖中的後起之秀，也是點蒼門下最出類拔萃的弟子。

他有天才，他肯吃苦。

他的心也夠狠。

所以他才出道一年，「無情小子」曹冰的名字已震動了江湖。

另外兩個人當然也是高手。

清風劍的劍法輕靈飄忽，劍出如風。

鐵劍鎮三山的劍法沉穩雄渾，一柄劍竟重達三十三斤。

燕十三知道他們，他們來，本就是他約來的。

四個人的眼睛都在盯著他，誰也沒有去看地上的屍體一眼。

他們不願在未出手前，就折了自己的銳氣，地上死的無論是什麼人，都跟他們沒有關係。

只要自己能活著，無論什麼人的死活，他們全都不在乎。

燕十三笑了笑，笑容也很疲倦，道：「想不到你們都來了。」

關外飛鷹冷冷道：「我本來以爲你只約了我一個人。」

燕十三淡淡道：「能夠一次解決的事，爲什麼要多費事。」

曹冰搶著道：「來了四個人，誰先出手？」

他很急。

他急著要成名，急著要殺燕十三。

鐵劍鎮三山道：「我們可以猜拳，勝的就先出手。」

燕十三道：「不必。」

鐵劍鎮三山道：「不必？」

燕十三道：「你們可以一起出手！」

關外飛鷹怒道：「你將我們當作了什麼人，怎麼能以多欺少！」

燕十三道：「你不肯？」

關外飛鷹道：「當然不肯。」

燕十三道：「我肯！」

他的劍已出鞘。劍光如飛虹掣電，忽然間就已從他們四個人眼前同時閃過。

他們想不肯也不行了。他們的四柄劍也同時出鞘，曹冰的出手最快，最狠，最無情。

關外飛鷹已縱身掠起，凌空下擊，飛鷹十三式本就是七禽掌一類的武功，以高擊下，以強凌弱。

只可惜他的對手更強。

曹冰雯時間已刺出九劍。他並沒有去注意別的人，只盯著燕十三，他唯一的願望，就是要這個人死在他劍下。

可惜他這九劍都刺空了，本來在他眼前的燕十三，已人影不見。他怔了怔，然後就發現了一件可怕的事。

地上已多了三個死人。

每個人咽喉上都多了一個洞。

關外飛鷹、清風劍、鐵劍鎮三山，這三位江湖中的一流劍客，竟在一瞬間就都已死在燕十三劍下。

曹冰的手冰冷。他抬起頭，才看見燕十三已遠遠的站在那棵古樹下。殺人的劍已入鞘。

曹冰的手握緊，道：「你……」

燕十三打斷了他的話，道：「我還不想殺你！」

曹冰道：「爲什麼？」

燕十三道：「因爲我想再給你個機會來殺我。」

曹冰手上的青筋凸起，額上的冷汗如豆，他不能接受這種機會。這是種侮辱。可是他又不願放棄這機會。

燕十三道：「你回去，練劍三年，不妨再來殺我。」

曹冰咬著牙。

燕十三道：「點蒼的劍法很不錯，只要你肯練，一定還有機會。」

曹冰忽然道：「三年後你若已死在別人劍下如何？」

燕十三笑了笑，道：「那麼你就可以去殺那個殺了我的人。」

曹冰恨恨道：「你最好多多保重，最好不要死！」

燕十三道：「我也希望會如此！」

暮色更深，黑暗已將籠罩大地。

燕十三慢慢的轉過身，面對著黑暗最深處，忽然道：「你好。」

過了很久，黑暗中果然真的有了回應，道：「我不好。」

冰冷的聲音，嘶啞而低沉。一個人慢慢的從黑暗中走出來，烏衣烏髮，烏鞘的劍，烏黑的臉上彷彿帶著種死色，只有一雙漆黑的眸子在發光。他走得很慢，可是他整個人都好像是輕飄飄的，他的腳好像根本沒有踏在地面上，就像是黑暗中的精靈鬼魂。

燕十三的瞳孔忽然收縮，忽然問：「烏鴉？」

「是。」

燕十三長長吐出口氣，道：「想不到我終於還是遇見了你！」

烏鴉道：「遇見我並不是好事。」

真的不是。

烏鴉不是喜鵲，沒有人喜歡遇見烏鴉。在很古老的時候，就有種傳說——烏鴉來時，必有災禍。這次他帶來的是什麼災禍？

——也許他本身就是災禍，一種無法避免的災禍。

既然無法避免，又何必再爲它煩惱憂慮？燕十三已恢復冷靜。

烏鴉盯著他，盯著他的劍，道：「好劍！」

燕十三道：「你喜歡劍？」

烏鴉道：「我只喜歡好劍，你不但有一手好劍法，還有柄好劍。」

燕十三道：「你想要？」

烏鴉道：「嗯。」

他的回答率直而乾脆。

燕十三笑了。這次他的笑容中已不再有那種疲倦之意，只有殺氣！他知道自己終於遇見了真正的對手。

烏鴉道：「喜鵲報喜，烏鴉報的卻是憂難和災禍。」

燕十三道：「你是來報禍的？」

烏鴉道：「是。」

燕十三道：「我有災禍？」

烏鴉道：「有。」

燕十三道：「我的災禍就是你？」

烏鴉道：「不是。」

燕十三道：「不是你是什麼？」

烏鴉道：「是你的劍！」

匹夫無罪，懷璧其罪。這道理燕十三當然明白，他的名氣和他的劍，就像是麝的香，羚羊的角。

烏鴉道：「我已收藏了十七柄劍。」

燕十三道：「不少。」

烏鴉道：「十七柄都是名劍。」

燕十三道：「看來你殺的名人也不少。」

烏鴉道：「高通和老鷹的劍我要。」

燕十三道：「收殮他們的屍身，四柄劍都給你。」

烏鴉道：「我只要劍，不要死人！」

燕十三道：「可是你只要死人的劍。」

烏鴉道：「不錯！」

燕十三道：「你殺了我，我的劍也給你！」

烏鴉道：「當然。」

燕十三道：「很好。」

烏鴉道：「不好。」

燕十三道：「什麼不好？」

二 時來運轉

烏鴉道：「現在我還沒有把握能殺你！」

燕十三大笑。

他忽然發現這個人果然是個烏鴉，烏鴉至少不會說謊。

烏鴉道：「尤其是你剛才刺殺關外飛鷹的那一劍。」

燕十三道：「你破不了那一劍。」

烏鴉道：「我也想不出有誰能破得了那一劍。」

燕十三道：「你認爲那已是天下無雙的劍法？」

烏鴉道：「七大劍派，四大世家中的高手我都見過。」

燕十三道：「你覺得他們如何？」

烏鴉道：「他們的劍法太保守，對自己的性命看得太重，所以他們不如你。」

燕十三嘆了口氣，道：「你的眼光很不錯，見識卻不廣。」

烏鴉道：「哦？」

燕十三道：「我就知道有個人，要破我那一劍，易如反掌。」

烏鴉動容道：「你見過他的劍法？」

燕十三點點頭，嘆道：「那才真正是天下無雙的劍法。」

烏鴉道：「這個人是誰？」

燕十三沒有直接回答，卻伸出了三根指頭。

烏鴉道：「三手劍金飛？」

據說三手劍與人交手時，就好像有三隻手一樣，一把劍也好像變成了三把。他的劍法之快，招式變化之多，只聽這名字就已可想而知。

燕十三卻搖搖頭，道：「真正要殺人，用不著三隻手，也用不著三把劍。」

真正要殺人，一劍就夠了。

烏鴉道：「你說的不是他？」

燕十三道：「不是！」

烏鴉道：「是誰？」

燕十三道：「是三少爺。」

烏鴉道：「哪一家的三少爺？」

燕十三道：「翠雲峰下，綠水湖前。」

烏鴉的手握緊。

燕十三道：「他的那柄劍，也是柄天下無雙的寶劍。」

烏鴉的瞳孔在收縮。

燕十三道：「可是我勸你千萬莫要去見他。」

烏鴉忽然笑了。

他很少笑，他的笑容生澀而怪異。

燕十三道：「這句話並不是笑話。」

烏鴉道：「我笑的是你。」

燕十三道：「哦？」

烏鴉道：「你明知我既然已來了，就絕不會放過你。」

燕十三同意。

烏鴉道：「我雖然沒把握殺你，你也一樣沒把握能殺我。」

燕十三承認。

烏鴉道：「所以你就想激我到翠雲峰去，先去跟那位三少爺鬥一鬥。」

燕十三也笑了！

烏鴉道：「這句話是笑話？」
燕十三道：「不是，我笑的是我自己。」
烏鴉道：「哦？」
燕十三道：「因爲我的心事，被你一眼就看出來了。」
烏鴉道：「現在你不願跟我交手？」
燕十三道：「很不願意。」
烏鴉道：「爲什麼？」
燕十三道：「因爲我還有個約會。」
烏鴉道：「什麼樣的約會？」
燕十三道：「死約會。」
烏鴉道：「約在哪裡？」
燕十三道：「翠雲峰下，綠水湖前。」
烏鴉道：「你明知鬥不過他，你還要去？」
燕十三道：「死約會是不見不散的。」
烏鴉道：「難道你是故意去送死？」
燕十三又笑了笑，淡淡道：「難道你覺得活著很有趣？」

烏鴉閉上了嘴。

燕十三還在笑，笑容中帶著種說不出的譏誚之意，道：「練劍的人，遲早總難免要死在別人的劍下，連逃避都無處逃避。」

烏鴉沉默。

燕十三道：「我一生殺人無算，若能死在天下第一名家的劍下，死亦無憾了。」

烏鴉看著他，盯著他看了很久，忽然道：「好，你去。」

燕十三拱拱手，一句話都不再說，掉頭就走。

他並沒有走出很遠，又停下，因爲他發現烏鴉一直在後面跟著。就像是他的影子。

烏鴉也停下，看著他。

燕十三道：「我明白你的意思。」

烏鴉道：「哦？」

燕十三道：「我能去，你爲什麼不能去？」

烏鴉道：「你不笨。」

燕十三道：「可是你並不一定要跟著我一起去。」

烏鴉道：「一定要。」

燕十三道：「爲什麼？」

烏鴉道：「因為我不想錯過你們那一戰。」

他冷冷的接著道：「高手相爭，必盡全力，我在旁邊看著，一定可以看出你們劍法中的破綻來。」

燕十三嘆了口氣，道：「有理。」

烏鴉道：「這一戰你們無論是誰勝誰負，最後活著的一個人必定是我。」

燕十三道：「因為那時戰勝的人必定也已將力竭，你又已看出他劍法中的破綻，若是想殺他，正是個最好的機會。」

烏鴉道：「所以這機會我怎麼能錯過？」

燕十三道：「的確不能。」

他又嘆了口氣，道：「只可惜你還是有一點錯了。」

烏鴉道：「哪一點？」

燕十三道：「三少爺的劍法中，根本沒有破綻，完全沒有！」

現在他們已開始喝酒。

最好的酒樓，最好的酒，他們一直都是派頭很大的人。

燕十三道：「殺過人後，我一定要喝酒。」

烏鴉道：「沒有殺人，我也喝酒。」

燕十三道：「喝過酒後，我一定要去找女人。」

烏鴉道：「沒有喝酒，我也找女人。」

燕十三大笑，道：「想不到你竟是個酒色之徒。」

烏鴉道：「彼此彼此。」

他們喝得真不少。

燕十三道：「你既是個酒色之徒，今天我就讓你一次。」

烏鴉道：「讓什麼？」

燕十三道：「讓你付賬。」

烏鴉道：「不必讓，不客氣。」

燕十三道：「這次一定要讓，一定要客氣。」

烏鴉道：「不必不必。」

燕十三道：「要的要的。」

別人吃飯通常都是搶著付賬，他們卻是搶著不要付賬。

燕十三道：「要殺人時，我身上從不帶累贅的東西，免得礙手礙腳！」

烏鴉道：「哦！」

燕十三道：「銀子就是最累贅的東西。」

烏鴉同意。

一個人身上若是帶了好幾百兩銀子，還怎麼能施展出輕靈的身法？

烏鴉道：「你可以帶銀票？」

燕十三道：「我討厭銀票。」

烏鴉道：「爲什麼？」

燕十三道：「一張銀票也不知經過多少人的手傳來傳去，髒得要命。」

烏鴉道：「你劍上的明珠可以拿去換銀子。」

燕十三又笑了。

烏鴉道：「這是笑話？」

燕十三道：「天大的笑話。」

他忽然壓低聲音，道：「這些珠子都是假的，真的我早賣了。」

烏鴉怔住。

燕十三道：「所以今天我一定要客氣，一定要讓你。」

烏鴉道：「我若沒有跟你來呢？」

燕十三道：「那時我當然會有別的法子，可是現在你既然已來了，我又何必再想別的法子？」

烏鴉也笑了。

燕十三道：「你笑什麼？」

烏鴉道：「我笑你找錯了人。」

他也壓低聲音，道：「我也跟你一樣，今天本來也是準備來殺人的。」

燕十三道：「你也討厭銀票？」

烏鴉道：「討厭得要命。」

燕十三也怔住。

烏鴉道：「所以我今天也一定要客氣，一定要讓你。」

燕十三正在嘆氣，掌櫃的忽然走過來，陪笑道：「兩位都不必客氣，兩位的賬，樓下已經有人付了。」

是誰付的賬？為什麼要替他們付賬？他們根本連想都沒有想，問也沒有問，對他們來說，這些都不重要。

能夠白吃白喝，總是件很令人愉快的事。

一個人在很愉快的時候，喝得也總是要比平時多些。可是他們還沒有醉。

就在他們快要開始有點醉的時候，樓下忽然上來了兩個女人。兩個很好看的女人，打扮得也很好，正是最能讓男人動心的那種女人。

快喝醉的時候，總是最容易動心的時候。

燕十三和烏鴉已經動了心，正準備想個法子勾引勾引她們。

誰知道她們根本用不著勾引。她們自己就來了。

「我叫小紅。」

「我叫小翠。」

兩個人笑得又甜又媚：「我們是特地來伺候兩位的。」

燕十三看著烏鴉，烏鴉看著燕十三。

死在他們劍下的人，若是看見他們現在的樣子，一定會覺得自己死得很冤枉。

現在他們看起來一點都不像是名滿天下，殺人無情的劍客。

小紅嫣然道：「兩位是想在這裡喝酒，還是想到我們那裡去都沒關係。」

小翠道：「反正兩邊的賬都有人替兩位付過了。」

世上雖然有不少好人好事，像這樣的好事倒還不多。

烏鴉道：「這是你的運氣?還是我的?」

燕十三道：「當然是我的。」

烏鴉道：「爲什麼？」

燕十三道：「據說一個人快要死的時候，總是會轉運的。」

這是第一天。

第二天也一樣，不管他們走到哪裡，都有人替他們付賬。

是誰付的賬？爲什麼？他們還是連問都不問，想也不想。

他們睡得很晚，起身也不早。每天只要他們一走出客棧的門，外面就有輛馬車在等著，好像生怕他們晚上太累，走不動路。可是今天他們卻想下車走走。

今天的天氣很好。

烏鴉道：「翠雲峰遠不遠？」

燕十三道：「不太遠。」

烏鴉道：「像這麼樣走，我倒希望走遠一點，愈遠愈好。」

燕十三道：「我們可以慢慢的走。」

前面有片很大的樹林，木葉居然還很蒼翠。

燕十三道：「我們到樹林裡喝點酒好不好？」

烏鴉道：「酒呢？」

燕十三道：「你放心，只要我們想喝，自然會有人送酒來的。」

艷陽天。

他們在陽光照射的道路上走，車馬在後面跟著，另一方的道路上，卻有輛馬車駛過來，駛入了樹林後才停下。車上走下來三個大人，一個小孩。

三　千蛇怪劍

大人們走了進去，一個青衣小帽，長得很清秀的孩子，卻走了出來，拿出一根大紅色的絲帶，在外面的樹枝上打了個結。小孩也走入林木深處，燕十三就嘆了口氣，道：「看來我們還是換個地方去喝酒的好。」

烏鴉道：「這地方不好？」

燕十三道：「很好！」

烏鴉道：「既然很好，爲什麼要換？」

燕十三道：「因爲這個。」

他指了指樹枝上的紅絲帶。

烏鴉道：「這是什麼意思？」

燕十三道：「這意思就是說，這地方暫時已成了禁地，誰都不能再進去。」

烏鴉冷笑道：「這是哪裡的規矩？」

悅。

燕十三還沒有開口，樹林中忽然有琴聲傳了出來，悠揚悅耳的琴聲，充滿了幸福愉悅。

烏鴉的手卻已握緊。

就在這時，道路上忽然奔來了十一騎快馬，馬上的騎士勁裝急服，剽悍兇猛，每個人背上都有柄大刀，刀上的紅綢迎風飛舞。快馬一衝入樹林，騎士就翻身下馬，每個人的動作都很矯健。

江湖中真正的高手並不多，這十一人看來卻都是高手。

動作最快的是條獨臂大漢，一衝入樹林，就厲聲大喝：「你們拿命來吧！」

樹林裡的琴聲沒有停，聽來還是那麼悠揚悅耳，令人歡悅。

十一條大漢已衝進去。

烏鴉道：「這些人是不是太行來的？」

燕十三道：「嗯。」

烏鴉道：「太行大刀果然有膽子。」

燕十三道：「嗯。」

烏鴉道：「你看他們是幹什麼來的？」

燕十三道：「是來送死的！」

這句話剛說完，樹林裡就有個人飛了出來，重重的摔在地上。一摔在地上就不動了，連叫都沒有叫出來。

這個人正是那最剽悍兇猛的獨臂大漢。

悠揚的琴聲還沒有停。

樹林裡卻不停的有人飛出來，一個接著一個，一共是十一個。

十一個人一飛出來，就摔在地上，連動都不會動了。

他們衝過去時，動作都很快。

他們出來時更快。

烏鴉冷冷道：「他們果然是來送死的。」

燕十三道：「想來送死的好像還不止他們這幾個。」

烏鴉道：「還有我。」

燕十三道：「現在還輪不到你。」

烏鴉沒有問下去。

他已經看見兩個人從路上走過來，一個大人，一個小孩。大人的年紀並不大，最多也只不過三十歲左右，而且是個女人。看起來很嬌弱，很秀氣的女人，臉上帶著說不出的悲傷之色。小的比剛才出來結絲帶的孩子還要小，一雙大眼睛的溜溜的轉。無論誰都看得出這是個很聰明的孩子，又聰明，又可愛。

可是他要做的事卻好像不太聰明。

他們正在往樹林裡走。

連烏鴉都不忍眼看著他們去送死，已經準備去攔阻他們。

他們也看見了樹枝上的紅絲帶，那翠衫少婦忽然道：「解下來！」

孩子就墊起腳去解了下來，卻拿出根翠綠的絲帶繫了上去，也打了個結。

然後兩個人就慢慢的走入了樹林。

兩個人好像都沒有看見地上的死屍，也沒有看見烏鴉和燕十三。烏鴉本來準備去攔住他們的，現在不知爲了什麼，已改變了主意。燕十三更連動都沒有動。

可是他們眼睛裡卻都露出種很奇怪的表情。

就在這時，樹林裡的琴聲突然停頓。

風吹木葉，陽光滿地。

琴聲停頓後，過了很久很久，樹林裡都沒有聲音傳出來。

誰也不知道裡面究竟發生了什麼事。

撫琴的人是誰？

琴聲爲什麼會忽然停頓？

那少女和童子是不是也會像太行大刀們一樣被抛出來？

這些事無論誰都一定很想知道的，烏鴉和燕十三也不例外。

所以他們還沒有走，就連跟在後面的車伕，都瞪著雙眼睛在等著看熱鬧。

沒有熱鬧看。沒有人被抛出來。

他們只聽見了一陣腳步聲，踏在落葉上，走得很輕，很慢。走在最前面的就是剛才把紅絲帶繫上樹枝的那個大孩子。兩個人慢慢的跟在他身後，一男一女，看來像是對夫妻。他們的年紀都不太大，衣著都很考究，風度都很好。

男的腰懸長劍，看來英俊而瀟灑，女的不但美麗，而且溫柔。如果他們真的是夫妻，實在是很令人羨慕的一對，只不過現在兩個人的臉都有點發白，心裡彷彿有點氣惱。

他們本來是準備上車的，看了看樹林外的烏鴉和燕十三，又改變了主意。

兩個人低聲囑咐了那孩子兩句話，孩子就跑過來，用一雙大眼睛瞪著他們，道：

「你們是不是已經來了很久？」

燕十三點點頭。

孩子道：「剛才的事，你們都看見了？」

烏鴉點點頭。

孩子道：「你知道咱們是從哪裡來的？」

燕十三道：「火焰山，紅雲谷，夏侯山莊。」

孩子嘆了口氣，道：「你知道的事看來倒還真不少。」

他的聲音雖然還是個孩子，口氣神情卻都老練得很。

燕十三道：「你叫什麼名字？」

孩子板著臉：「你不必問我的名字，我也不是跟你們攀交情來的！」

烏鴉道：「你是幹什麼來的？」

孩子道：「我們公子想要向你們借三樣東西，每個人三樣！」

烏鴉道：「哪三樣？」

孩子道：「一根舌頭，兩隻眼睛。」

燕十三笑了。

烏鴉居然也笑了。

兩個人忽然同時出手，一個人抓臂，一個人抓腿，同時低喝！

「飛吧，小子。」

孩子就飛了上去，「呼」的一聲，就像是炮彈般直衝上天。

那位公子背負著雙手，好像根本沒有看見，但他的妻子卻皺了皺眉。

這時候孩子才落下來。

烏鴉和燕十三又同時出手，輕輕的將他接住，輕輕的放在地上。孩子已嚇得兩眼發直，連褲襠都濕了。

燕十三微笑著拍了拍他的頭，道：「沒關係，我小時就常常被大人這樣拋上去。」

烏鴉道：「這麼樣可以練膽子。」

孩子翻了翻白眼，已經準備開溜。

燕十三道：「你要來拿的東西，沒有拿走，回去怎麼交代？」

孩子道：「我……」

燕十三道：「我可以教你個法子。」

孩子在聽著。

燕十三道：「你們的公子，是不是夏侯公子？」

孩子點頭。

燕十三道：「是不是他要你來拿的？」

孩子不停點頭。

燕十三道：「那麼你就可以回去問他，既然是他想要這三樣東西，他為什麼不自己來拿？」

孩子不點頭了，掉頭就跑。

夏侯公子臉上還是沒有表情，他的妻子卻走了過來。她走路的姿態優雅而高貴，聲音也很動聽，柔聲道：「我叫薛可人，站在那邊的，就是我丈夫夏侯星。」

燕十三淡淡道：「原來是紅雲谷的少莊主。」

薛可人道：「兩位既然聽說過他的名字，也該知道他是個什麼樣的人？」

燕十三道：「我不知道。」

薛可人道：「他是個天才，不但文武雙全，劍法之高，更少有人能比得上。」

女人們就算佩服自己的丈夫，也很少會在別人面前這麼樣稱讚自己的丈夫，就算稱讚幾句，也難免會有點臉紅。她卻一點都不臉紅，連一點難為情的樣子都沒有，美麗的眼睛裡，充滿了對她丈夫的愛慕和尊敬。

燕十三心裡在嘆息——能娶到這麼樣一個女人，真是好福氣。

薛可人又道：「像他這麼樣一個人，兩位當然是不會跟他動手的！」

燕十三道：「哦？」

薛可人道：「因爲他不但家世顯赫，自己又那麼了不起，兩位跟他動手，豈非雞蛋碰石頭，所以我勸兩位還是……」

燕十三道：「還是乖乖的割下舌頭，剜出眼睛來送給他？」

薛可人嘆了口氣，道：「那樣子雖然有點不方便，至少總比送掉性命的好？」

燕十三又笑了，忽然道：「你這位文武雙全的公子爺是不是啞巴？」

薛可人道：「當然不是！」

燕十三道：「那麼這些話他爲什麼不自己來說？」

烏鴉冷冷道：「就算他是個啞巴，屁眼總有的，這些屁他爲什麼不自己來放？」

夏侯星的臉色變了。

燕十三道：「他既然不過來，我們爲什麼不能過去？」

烏鴉道：「能！」

燕十三道：「是你去？還是我去？」

烏鴉道：「你！」

燕十三道：「據說他的藕斷絲連，滿天星雨千蛇劍，不但是把好劍，而且是把怪劍。」

烏鴉道：「嗯！」

燕十三道：「他若死了，他的劍歸誰？」

烏鴉道：「歸你！」

燕十三道：「你不想要那把劍？」

烏鴉道：「想！」

燕十三道：「你爲什麼不搶著出手？」

烏鴉道：「因爲我懶得跟這種兎崽子交手，我一看他就討厭。」一句話沒說完，眼前人影一閃，夏侯星已到了他面前，鐵青著臉，冷冷道：「我要找的卻是你！」

烏鴉道：「那就快拔你的劍！」

夏侯星的劍已出鞘。

藕斷絲連，滿天星雨千蛇劍。

這的確是把怪劍。

他的手一抖，一把劍就真的好像化成了千百條銀蛇，化成了滿天星雨，這柄劍竟像是突然碎成了無數片，每一片打的都是要害。

烏鴉的要害。

烏鴉會飛，卻已飛不起來，身子一轉，一道劍光飛出，護住了身子。

只聽「卡」的一響，千百片碎劍忽然又合了起來，刺向他的咽喉。這柄劍上竟裝著有種奇巧特別的機簧，可合可分，合起來是一柄劍，分開來時就變成了千百道暗器，用一根銀絲聯繫。當銀絲抽緊，機簧發動，又變成一柄劍。

燕十三在嘆氣，道：「這一戰應該讓我來，這柄劍我也想要。」

忽然間，一連串「叮叮」聲響，如密雨敲窗，珠落玉盤。

就在這一刹那間，烏鴉也刺出了七七四十九劍，每一劍都刺在千蛇劍的一片碎劍上。

千蛇劍就軟了下來，就像是條銀光閃閃的長鞭，烏鴉的劍已捲住鞭梢。夏侯星的臉色變了，身子一轉，凌空飛起，鞭梢已隨著他身子的轉動脫出劍鞘，「卡」的一響，又合成了一柄劍。

燕十三立即搶著道：「這一戰你們就算不分勝負，現在由我來！」

夏侯星冷笑，目光四顧，臉色又變了，變得比剛才還慘。

他忽然發現少了一個人。

孩子躺在地上，似已被人點住了穴道，薛可人卻已不見了。

夏侯星一腳踢開他的穴道，厲聲道：「這是誰下的手？」

孩子臉色發白，道：「是……是夫人！」

夏侯星道：「夫人呢？」

孩子道：「夫人已跑了。」

孩子還坐在地上哭，夏侯星已追了下去，燕十三和烏鴉並沒有攔阻。

一個人的老婆忽然跑了，心裡是什麼滋味？他們能想得到。可是他們卻連做夢都想不到，一個那麼溫柔賢慧，那麼佩服自己丈夫的女人，竟會在自己丈夫跟人拚命的時候忽然跑了。剛才他們本是郎才女貌，天生的佳偶，連燕十三心裡都羨慕得很。

她爲什麼要跑？

燕十三忽然覺得很悲哀，絕不是爲了自己，更不是爲了那位大少爺。

他悲哀，是爲了人。

人類。

——誰知道人類有多少不如意，不幸福，不快樂的事，是隱藏在如意、幸福和快樂中的？

誰知道？

坐在地上哭的孩子已走了，另外一個更小的孩子卻笑嘻嘻的跑了出來。他跑得並不快，可是一下子就到燕十三和烏鴉面前。他最多只有七八歲。一個七八歲的孩子，能夠有這麼樣的輕功，誰都不會相信。燕十三和烏鴉卻不能不信，因爲這是他們親眼看見的。

孩子也在看著他們笑，笑得真可愛。

烏鴉通常都不喜歡孩子。他一向認爲小孩子就像是小貓小狗一樣，男子漢只要一看見，就應該走得遠遠的。這次他居然沒有走，反而問：「你叫什麼名字？」

孩子道：「我叫小討厭。」

烏鴉道：「你明明一點都不討厭，爲什麼要叫小討厭？」

小討厭道：「你明明是個人，爲什麼要叫烏鴉？」

烏鴉想笑，卻沒有笑。

烏鴉豈非也正是人人都討厭的？這世上喜歡聽老實話的又有幾個人？

燕十三忍不住道：「你知道他叫烏鴉？」

小討厭道：「廢話。」

燕十三問的倒真是廢話，小討厭若是不知道他叫烏鴉，怎麼會叫他烏鴉？

小討厭又道：「我不但知道他叫烏鴉，還知道你叫燕十三，因爲從前有個人叫燕七，又有個人叫燕五，你自己覺得比他們兩個人加起來還要強一點，所以你就叫燕十三。」

燕十三怔住！這的確是他的本意，也是他的秘密，他猜不透這小討厭怎麼會知道的。

小討厭道：「其實我根本不知道你是老幾，這件事我只不過是聽我姐姐說的！」這一點又很出意外。剛才跟他一起走入樹林的少婦，看起來本來像是他母親。

燕十三道：「你姐姐有沒有名字？」

小討厭道：「當然有。」

燕十三道：「她叫什麼名字？」

小討厭道：「你是不是啞巴？」

燕十三搖搖頭。

小討厭道：「你有沒有腿？」

燕十三低下頭，好像真的也想看看自己是不是還有腿。

小討厭道：「你既然有腿，又不是啞巴，爲什麼不自己問她去？」

燕十三笑了笑，道：「因爲我也不是瞎子，我還看得見。」

小討厭道：「看得見什麼？」

燕十三指了指樹枝上的綠絲帶，道：「這個結既然是你打的，你當然應該明白它的意思。」

小討厭道：「這意思就是說，這地盤已是我們的，不是啞巴的進去也會變成啞巴，有腿的進去也會變成沒有腿。」

四 癡女情恨

燕十三並沒有爭辯，也不想爭辯。這是武林中四大世家的規矩，是江湖中人都默認了的。如果沒有深仇大恨，誰也不想破壞這規矩。

在江湖中混的人，多多少少總得遵守一點江湖上的規矩。連燕十三都不例外。

小討厭道：「只可惜你什麼事都明白，卻不明白一件事。」

燕十三道：「哦？」

小討厭道：「現在你不想進去都不行。」

燕十三道：「爲什麼？」

小討厭道：「因爲現在就是我姐姐要我來叫你進去的。」

樹林裡和平而寧靜，連腳步踏在落葉上，聲音都是溫柔的。走到林木深處，秋也更濃了。

烏鴉並沒有跟著進來——

「因爲我姐姐只想見他一個人。」

她爲什麼要見他？而且要單獨一個人相見？燕十三想不通，也不必再想。

他已經看見了她。

木葉已枯黃的老樹下，鋪著張新蓆，蓆上有一張琴，一爐香，一壺酒。

——這顯然還是夏侯星留下來的，他離開這裡時，走得顯然很匆忙。

——難道他是被趕走的？被此刻坐在樹下的這個憂鬱的女人趕走的？

她看來不但憂鬱，而且脆弱，彷彿再也禁受不了一點點打擊。

燕十三走過去，輕輕的走過去，也彷彿生怕驚動了她。她卻已抬起頭，用一雙剪水雙瞳在打量著他：「你就是奪命燕十三？」

燕十三點點頭，道：「姑娘是從翠雲峰來的？」

他認得外面那翠綠的絲帶，正是翠雲峰，綠水湖的標誌。想不到她卻搖了搖頭。燕十三真的想不到，不是翠雲峰的人，怎麼敢用翠雲峰的標誌？

「我是從江南七星塘來的。」

她的聲音也很柔弱：「我叫慕容秋荻。」

燕十三更吃驚。江南七星塘也是武林中的四大世家之一。

慕容秋荻不但是江湖中有名的美人，也是有名的孝女。爲了照顧她多病的父母，她拒絕了無數次親事，也犧牲了她生命中最美麗的年華。現在她爲什麼忽然出現在這裡？難道七星塘的主人「江南大俠」慕容正已去世？

七星塘的聲名並不在翠雲峰之下，她爲什麼要盜別人的標誌？

慕容秋荻竟似已看穿他心裡正想什麼，忽然道：「我的父親並沒有死，他雖然多病，三年五載內還死不了的。」

燕十三吐出口氣，道：「但願他身子健康，還能多活幾年。」

他說的是真心話。慕容正的確是個很正直俠義的人，這種人江湖中已不多。

慕容秋荻道：「這次我出來，是偷偷溜出來的，他根本不知道。」

燕十三忍不住想問：「爲什麼？」

他還沒有問出來，慕容秋荻已接著道：「因爲我要殺一個人。」

她憂鬱的眼波中，忽然露出種說不出的悲傷和怨恨。

她一定恨透了這個人——這個人究竟是誰？

燕十三不敢問，也不想問，他並不想管武林四大世家中的事。

慕容秋荻目光彷彿在遙視著遠方，人也彷彿到了遠方，過了很久，才慢慢的接著道：「你們一定都知道我是個孝女。」
燕十三承認。
慕容秋荻道：「這七年來，我已拒絕過四十三個人的求親。」
夠資格到七星塘去求親的，當然都是江湖中名門子弟。
慕容秋荻道：「你知道我為什麼要拒絕他們？」
燕十三道：「因為你不忍離開令尊。」
慕容秋荻道：「你錯了。」
燕十三道：「哦？」
慕容秋荻道：「我並不是別人想像中的那種孝女，我……我……」
她忽然用力握住自己的手，道：「我只不過是個騙子，不但騙了別人，也騙了自己。」
燕十三怔住，他不敢再看她，她的眼圈已紅了，眼淚隨時都可能流下來。
他不願看見女人流淚，也不想知道女人們流淚的原因。
只可惜她偏偏要說。
「我拒絕別人的親事，只因為我一直在等他來求親。」
「他」是誰？是不是那個她要殺的人？

慕容秋荻的眼淚終於流落：「他答應過我，一定會來的，他答應過很多次。」

——可是他沒有來。

一個無情的男人，用婚姻作餌，欺騙了一個多情的少女。

——這並不是她獨有的悲劇。

——自古以來，這種悲劇已不知發生過多少次，直到現在還隨時隨地都在發生著。

燕十三並沒有爲她悲傷。

因爲只有發生在自己身上的悲劇，才是真正的悲劇。別人的悲劇，就很難打動像燕十三這樣的人。

慕容秋荻道：「我是在十六歲那年認得他的，他要我等他七年。」

七年！多麼漫長的歲月。

從十六到二十三，這又是一個女人生命中多麼美麗的年華？

一個人的生命中，有多少個這麼樣的七年？燕十三心裡已經開始在嘆息。

——他要你等他七年的時候，就已經是在欺騙你。

——他以爲你一定不會等得這麼久的，以爲你七年後一定早已忘記了他。

燕十三是男人，當然很了解男人的心。可是他並沒有說出來，他看得出這漫長的七年對她是種多麼痛苦的折磨，多麼辛酸的經歷。

慕容秋荻道：「剛才你看見的那孩子，並不是我弟弟。」
燕十三道：「不是？」
慕容秋荻道：「他是我的兒子，是我跟那個人的私生子。」
燕十三怔住。現在他才明白她爲什麼要等七年，爲什麼恨透了那個人。現在連他都已在爲她悲傷。
慕容秋荻道：「我告訴你這些事，並不是要你爲我難受的。」
她的聲音忽然變得很冷，憂鬱的眼波也忽然變得利如刀鋒。
她冷冷的接著道：「我要你去替我殺一個人。」
燕十三道：「就是那個人？」
慕容秋荻道：「是！」
燕十三道：「我只殺兩種人。」
慕容秋荻道：「跟你有仇恨的人？」
燕十三點點頭，道：「還有一種，就是想殺我的人。」
他慢慢的接著道：「所以我希望你能明白一件事。」
慕容秋荻道：「你說。」
燕十三道：「如果你一定要去殺一個人，就一定要自己去動手，自己打的結，一定要自己才解得開。」

慕容秋荻道：「可是我不能去。」

燕十三道：「爲什麼？」

慕容秋荻道：「因爲……因爲我不想再見他。」

燕十三道：「是不是因爲你生怕一見到他的面，就不忍下手？」

慕容秋荻的手又握緊。

燕十三嘆了口氣，道：「既然不忍，又何必非殺他不可。」

慕容秋荻盯著他，忽然道：「我也希望你能明白一件事。」

燕十三道：「你說。」

慕容秋荻道：「我一定要殺這個人，而且一定要你去殺！」

燕十三道：「爲什麼？」

慕容秋荻道：「因爲這個人的名字叫謝曉峰。」

燕十三的臉色變了，道：「綠水湖的謝曉峰？」

慕容秋荻道：「就是他！」

翠雲峰，綠水湖，神劍山莊的大廳中有一塊很大的横匾。上面只有五個字，金字。

「天下第一劍」。

這並不是他們自己吹噓，這是多年前江湖中所有聞名的劍客在華山絕頂論劍後，每個人都拿出了一兩黃金，鑄成了這五個金字，送給謝天的。

謝天就是神劍山莊的第一代主人。這已是很久很久以前的事了，匾上的金字雖然依舊光華奪目，「天下第一劍」的名聲卻不再存在。近百年來，江湖中名劍輩出，已沒有人能被公認爲天下第一劍。

神劍山莊的光芒也漸漸由絢麗而歸於平淡，直到這一代——

因爲神劍山莊這一代又出了位了不起的人，絕艷驚才，天下側目。

這個人在十三年前就已擊敗了華山門下的第一劍客華玉坤。

那時他三十一歲。

這個人一生下來，就彷彿帶來了上天諸神所有的祝福與榮寵。

他生下來後，所得到的光榮和寵愛，更沒有人能比得上。他是江湖中不世出的劍客，也是在武林中公認的才子。

他聰明英俊，健康強壯，而且是個俠義正直的人。在他的一生中，無論誰都很難找出一點瑕疵，一點缺憾來。

這個人就是綠水湖「神劍山莊」的三少爺。

這個人就是謝曉峰。

樹林裡更安靜，涼爽乾燥的空氣中，充滿了木葉的芬芳。

燕十三卻彷彿完全沒有感覺，聽見了這三個字，他似已連呼吸都停頓。過了很久，他才輕輕吐出一口氣，道：「我知道這個人。」

慕容秋荻道：「你當然應該知道，你們還有個不見不散的死約會！」

燕十三不能否認：「我的確約好了要去找他的。」

慕容秋荻道：「約好了的事你從不更改？」

燕十三道：「從不。」

慕容秋荻道：「那麼這次約會，只怕就是你最後一次約會了。」

燕十三道：「哦？」

慕容秋荻道：「我看過你的劍法，你絕不是他的敵手。」

燕十三苦笑道：「你既然知道，爲什麼還要叫我去殺他？」

慕容秋荻道：「因爲你遇見了我。」

燕十三道：「你……」

慕容秋荻道：「他的劍法渾然天成，幾乎已超越了劍法中的極限。」

燕十三嘆息道：「他的確是個天才，我也看過他出手。」

慕容秋荻道：「你也看得出他劍法中的破綻？」

燕十三道：「他的劍法中沒有破綻，絕沒有。」

慕容秋荻道：「有。」

燕十三道：「真的有？」

慕容秋荻道：「絕對有，只有一點。」

燕十三道：「你知道？」

慕容秋荻道：「只有我知道。」

燕十三眼睛發出了光，他相信她說的不是謊話，世上如果還有一個人能知道三少爺劍法中的破綻，這個人一定就是她。

因爲他們曾經相愛過。至少在他們有了那孩子的那一瞬間，他們的心靈無疑是完全溝通的。只有一個真正和他相愛過的人，才能知道他的秘密。

對一個天下無敵的劍客來說，他劍法中的破綻，就是他最大的秘密。

燕十三不但眼睛發光，心跳也加快了。他也是個練劍的人。他也已將自己的生命和愛全都貢獻給他的劍。這已經不僅是種偉大的貢獻，而是種艱苦卓絕的犧牲。這種犧牲並不是完全沒有代價的。

得勝時那一瞬間的輝煌的光芒，已足以照耀他的生命。他練劍的目的本是求勝，不是求死。

絕不是！

如果有得勝的機會，誰願意放棄？

慕容秋荻看著他發光的眼睛，當然也看得出他已被打動了。立刻接著道：「所以這世上只有我能助你擊敗他，也只有你能替我殺了他。」

燕十三道：「爲什麼只有我？」

慕容秋荻道：「因爲你的奪命十三劍中，有一著只要稍加變化，就可以置他於死地！」

燕十三道：「那是第幾劍？」

慕容秋荻道：「第十四劍。」

明明是奪命十三劍，怎麼會有第十四劍？別的人一定不會懂的。

燕十三懂。

奪命十三劍的劍招雖然只有十三種，變化卻有十四種。那一著變化，才是他招式中的精粹，劍法中的靈魂。靈魂雖然是看不見的，卻沒有人能否認它的存在！

慕容秋荻忽然站了起來。她看來還是那麼嬌柔，那麼脆弱，可是她眼睛裡又發出了那種刀鋒般的光。她在看著燕十三，一字字道：「現在我已是謝曉峰。」說完了這七個字，她眼睛裡的光竟似又變成了一種懾人的殺氣！一種只有殺人無算的高手們獨具的殺氣。

——難道這位嬌柔脆弱的名門淑女也殺過人，她殺過多少人？

燕十三沒有問，也不必問。他看得出。

慕容秋荻折下了一截枯枝，道：「這是我的劍。」

這截枯枝到了她手裡，她的人又變了，那種無堅不摧，不可抵禦的殺氣已不僅在她眼睛，已在她身上。已無處不在！

慕容秋荻道：「現在你看著，仔細看著，這只是他劍法中唯一的破綻。」

一陣風吹過，風忽然變得很冷。

她的人與劍已開始有了動作，一種極緩慢，極優美的動作，就像是風那麼自然。

可是風吹來的時候，有誰能抵擋？又有誰知道風是從哪裡吹來的？

燕十三的瞳孔在收縮。

她的劍已慢慢的，慢慢的刺了出來。

從最不可思議的部位刺了出來，刺出時忽然又有了最不可思議的變化。可是在這種變化之間，果然有一點破綻。

——狂風捲開大地時，豈非也難免有遺漏的地方？

——可是當狂風吹過來時，又有誰能注意到這些地方？

燕十三忽然發現自己掌心已有了冷汗。

就在這時，她的動作已停止。

她冷冷的凝視著燕十三，道：「現在你是不是已看出來了？」

燕十三點頭。

慕容秋荻道：「你能看出來，只因爲我的動作比他出手時慢了二十四倍。」

燕十三相信她的計算絕對正確。

一位真正的高手，對於劍法速度的估計，絕對比當舖朝奉估計貨物的價值還準確十倍。

慕容秋荻道：「我真正出手時，雖然比他慢一點，慢得並不多。」

燕十三也不能不信。現在他已發現這嬌柔脆弱的女人，實在是他平生僅見的高手。

慕容秋荻道：「現在我已將出手。」

燕十三道：「出手對付誰？」

慕容秋荻道：「你。」

燕十三輕輕吐出口氣，道：「你要看看我是不是能破這一劍？」

慕容秋荻道：「是的。」

燕十三道：「我若破了這一劍，你豈非就要死在我的劍下？」

慕容秋荻道：「這點用不著你擔心。」

燕十三道：「如果我還是破不了這一劍？……」

慕容秋荻道：「那麼你就得死！」

她冷冷的接著道：「你若還是破不了這一劍，再活著對你我都已沒好處，我只有殺了你！」

五　獅子開口

人沉默，木林靜寂。

燕十三凝視著她手裡的枯枝，彷彿在沉思。

慕容秋荻道：「你爲何還不拔劍？」

燕十三道：「我的劍已在手，隨時都可以拔出來，你呢？」

慕容秋荻道：「這就是我的劍。」

燕十三道：「這不是。」

慕容秋荻道：「在我手裡，這就是殺人的利器。」

燕十三道：「我知道你能用它殺人，但是它本身卻只不過是段枯枝。」

慕容秋荻道：「只要殺人，枯枝和劍有什麼分別？」

燕十三道：「有。」

慕容秋荻道：「你說。」

燕十三道：「它能殺人，可是它並沒有殺過人，我的劍卻不同。」

他輕撫著他的劍：「這柄劍跟隨我已十九年，死在這柄劍下的，已有六十三個人。」

慕容秋荻道：「我知道你殺的人不少。」

燕十三道：「這本來也只不過是柄很平凡的劍，可是現在它已飲過六十三個人的血，六十三個無情的殺手，六十三條厲鬼冤魂。」

他仍然在輕撫著他的劍，慢慢的接著道：「似乎現在這柄劍本身已有了生命，渴望再能嚐到別人的血，渴望別人死在它的劍鋒下。」

慕容秋荻冷笑道：「它告訴過你？」

燕十三道：「它沒有，可是我能感覺得到。」

慕容秋荻道：「感覺到什麼？」

燕十三道：「只要它一出鞘，就一定要殺人，有時甚至連我自己都無法控制。」

他說的並不是虛玄的神話。你若也有這麼樣一柄劍，若是也殺過六十三個人，你一定也會有這種感覺。

燕十三再次凝視著她手裡的枯枝，道：「你手裡這段枯枝卻是死的，絕不會有殺人的渴望，你自己也並不是真的想殺了我。」

他抬起頭，凝視著她的眼睛，道：「因爲你根本也不是謝曉峰。」

慕容秋荻的嘴唇已發白。

一片落葉飄下，她默默的站起來，道：「現在這片葉子是不是也死了？」

燕十三道：「是。」

慕容秋荻道：「可是它剛剛還在樹枝上，還是活的。」

樹葉只要還沒有凋落，就還有生命！

慕容秋荻道：「人的生命豈非也跟這片葉子一樣？」

燕十三道：「我明白你的意思。」

慕容秋荻道：「你真的明白？」

燕十三道：「你爲了生育那孩子，一定受了不少苦，所以你對他的愛，絕對比不上你心裡的怨恨。」

慕容秋荻並沒有否認。

燕十三道：「所以你對自己的生命已毫無留戀，只要我能破得了這一劍，你就算死在我劍下，也是心甘情願的。」

他長長嘆息，又道：「可是你錯了。」

慕容秋荻道：「我錯了？」

燕十三道：「因爲我就算能破得了你這一劍，也未必能破謝曉峰的劍。」

他盯著她的眼睛：「因爲你用的並不是殺人的劍，你也不是謝曉峰。」

慕容秋荻的手忽然垂下，殺氣忽然消失，眼淚已流下面頰。

燕十三道：「可是我答應你，只要我有機會，我一定殺了他！」

慕容秋荻精神又一振，道：「你自覺有幾成把握？」

燕十三苦笑道：「本來連一成都沒有！」

慕容秋荻道：「現在呢？」

燕十三道：「現在至少已有了四五成。」

慕容秋荻道：「你已想出了破法？」

燕十三忽然也折下段枯枝，道：「你看著。」他的動作簡單而笨拙，可是慕容秋荻眼睛裡卻發出了光。

她知道他已找到了。三少爺的劍法若是一把鎖，他已找到開鎖的鑰匙。

一劍刺出，有風吹過。

燕十三手裡的枯枝忽然變成了粉末，瞬眼間就被吹得無影無跡。

他手裡拿著的若是一把劍，這一劍刺出，是什麼樣的力量！

慕容秋荻輕輕吐出口氣，慢慢的坐了下來，道：「你去吧。」

燕十三走出樹林時，小討厭還在外面逛。

只有小討厭一個人，左手拿著根雞腿，嘴裡還啃著個梨。附近根本沒有賣水果滷菜的攤子，這些東西也不知他是從哪裡變出來的。

燕十三一看見這孩子就很喜歡，想到他的身世，更覺得同情。幸好這孩子現在就好像已經很會照顧自己。小討厭正瞪著雙大眼睛在看他。

燕十三走過去拍了拍他的頭，道：「快回去吧，你姐姐在等你。」

小討厭道：「她等我幹什麼？」

燕十三道：「因爲……因爲她關心你。」

小討厭道：「她關心我幹什麼？」

燕十三道：「難道你認爲從來都沒有人關心過你？」

小討厭道：「從來也沒有，連半個人都沒有，我是個小討厭，討厭我的人倒不少。」

他又啃了口雞腿，道：「可是我一點都不在乎。」

燕十三看著他甜甜的小臉，心裡忽然覺得有點酸酸的。

附近連個人影都沒有，他又忍不住問：「我那朋友呢？」

小討厭道：「你哪個朋友？」

燕十三道：「烏鴉！」

小討厭道：「這樹林裡沒有烏鴉，只有麻雀。」

燕十三道：「我是說剛才跟我在一起的，那個叫烏鴉的人！」

小討厭眨了眨眼，道：「你有沒有付我保管費？請我保管他？」

燕十三道：「沒有！」

小討厭道：「既然沒有，你憑什麼問我！」

燕十三道：「因爲……因爲我想你一定知道他到哪裡去了。」

小討厭道：「我當然知道，可是我憑什麼一定要告訴你？」

燕十三只有苦笑。

這孩子問的話，竟常常讓他回答不出來。

小討厭又啃了口梨，忽然道：「可是我也並不是一定不能告訴你。」

燕十三道：「要怎麼樣你才肯告訴我？」

小討厭道：「你要問我的話，多多少少總得付我一點問話費。」

燕十三已經在摸口袋，摸了半天，什麼東西都沒有摸出來。

小討厭道：「看你穿得還蠻像樣的，難道只不過是個空殼子？」

燕十三苦笑道：「因爲從來也沒有人要收過我的問話費。」

小討厭嘆了口氣，道：「木頭裡既然榨不出油來，我也只好認倒楣了，你就寫張欠條來吧。」

燕十三道：「欠條？」

小討厭道：「你要問話，就得付問話費，現在你沒錢，以後總會有的。」

燕十三道：「這裡又沒有紙筆，欠條怎麼寫？」

小討厭道：「你的劍削塊樹皮，再用你的劍把字寫在樹皮上。」

燕十三苦笑：「你倒想得真周到。」

他只有寫！

「寫多少？」

小討厭道：「一個字也是寫，十個字也是寫，既然是欠賬，就得多寫點。」

他眼珠子轉了轉，道：「你就馬馬虎虎給我寫個一萬兩吧。」

燕十三看著他，仔仔細細，上上下下看了好幾遍。

一個七歲的孩子，一開口就是一萬兩，這孩子長大了怎麼得了？

小討厭道：「我知道你現在心裡一定在想，現在我就這麼會敲竹槓，長大了怎麼得了？」

燕十三道：「你怎麼知道我心裡在想什麼？」

小討厭道：「因爲這些話已經不知道有多少人問過我了。」

燕十三道：「你怎麼說？」

小討厭道：「現在我就會敲竹槓，長大了當然就是大富翁，這麼簡單的道理難道你都不懂！」

燕十三笑了，真的笑了，這孩子真的會照顧自己。

一個沒有人照顧的孩子，若是連自己都不會照顧自己，那才真的不得了。

所以燕十三寫的欠條不是一萬兩，是五萬兩。

小討厭也笑了，道：「要一萬，給五萬，看來你的人雖窮，出手倒不小。」

燕十三道：「出手小的人，怎麼會窮？」

小討厭道：「有理。」

燕十三道：「有理的話，你就應該記在心裡，你若不想窮，出手就不能太大方，更不能亂花錢。」

小討厭道：「有了錢不花幹什麼?那跟沒有錢又有什麼分別？」

燕十三又笑了。他真的很喜歡這孩子，但是他卻沒有想到一點——他也很想去殺這孩子的父親。

真的很想。

這就是江湖人。

江湖人的想法，常常會讓人莫名其妙的！

五萬兩的欠條，一定可以收得到錢的欠條，小討厭卻隨隨便便的就往衣襟裡一塞，就好像把它當做廢紙。

燕十三道：「我現在雖然沒錢，可是我隨時都會有錢的。」

小討厭道：「我看得出，否則我怎麼會收你的欠條。」

燕十三道：「你隨時看見我，都可以向我收錢。」

小討厭道：「我知道。」

燕十三道：「所以你就該把這張字條好好收起來，免得掉了。」

小討厭道：「掉了就算你走運，我倒楣。那也沒什麼了不起。」

他又眨了眨眼，道：「就好像你若很快就死了，我也只好自認倒楣一樣，像你這種人，本來隨時都會死的。」

燕十三大笑。

他是真的在笑，可是他心裡究竟是什麼滋味？又有誰知道？

──人在江湖，豈非本就像是風中的落葉，水中的浮萍？

等他笑完，小討厭才說：「你那個朋友到前面那山坡後去了！」

燕十三道：「去幹什麼？」

小討厭道：「好像是去拚命。」

燕十三道：「拚命！去跟誰拚命？」

小討厭道：「好像是個叫什麼冰的小子。」

是曹冰？

難道他一直都在跟著他們，難道這一路上的賬都是他付的？那麼他現在為什麼要找烏鴉拚命？燕十三並沒有為烏鴉擔心，他知道曹冰絕不是烏鴉的對手。

可是他錯了。

山坡後的草色已衰，血色卻還是鮮紅的。

是烏鴉的血。烏鴉已倒了下去，倒在山坡上，鮮血染紅了秋草，也染紅了他的衣襟。

血是從他咽喉下的鎖骨間流出來的，距離他咽喉只有三寸。就因為差了這三寸，所以他還活著。

刺傷他的人是誰？

燕十三衝過去：「是曹冰？」

烏鴉點頭。燕十三吃驚的看著他，道：「是不是你故意讓他的？」

烏鴉搖頭。

燕十三更吃驚。這明明是真的事，他還是無法相信！

烏鴉苦笑道：「我知道你不信，連我自己都不信，我看過那小子出手。」

燕十三道：「可是你……」

烏鴉道：「我本來有把握可以在三招內讓他倒下去的，絕對有把握。」

燕十三道：「可是現在倒下去的卻是你！」

烏鴉道：「那只因爲我錯了！」

燕十三道：「哪點錯了？」

烏鴉道：「我看過他出手，他劍法中的變化我也已摸清，點蒼派的劍法絕對傷不了我的毫髮。」

燕十三道：「他用的不是點蒼劍法？」

烏鴉道：「絕不是。」

燕十三道：「他用的是什麼劍法？」

烏鴉道：「不知道。」

燕十三道：「連你都看不出？」

烏鴉道：「那一招的變化，我非但看不出，連想都想不到。」

燕十三道：「那一招？他只出手一招，你就傷在他的劍下？」

烏鴉冷冷道：「如果是你，你也一樣接不住那一招的。」

他忽又長長嘆息，道：「到現在我還想不出有誰能接得住那一招。」

燕十三沒有再開口，可是他的人已有了動作。

六 飛來艷福

——一種極緩慢，極優美的動作，就像是風那麼自然。然後他的劍就慢慢的刺了出來。從最不可思議的部位刺了出來，刺出後忽然又有了最不可思議的變化。

烏鴉吃驚的看著他，忽然大喊：「不錯，他用的就是這一招！」

秋草枯黃，血也乾了。

燕十三默默的坐下來，坐在烏鴉對面的山坡上。

烏鴉忍不住問：「你怎麼知道是這一招？」

燕十三道：「因爲他只有用這一招才能擊敗你！」

烏鴉道：「這絕不是點蒼劍法，也絕不是你的劍法。」

燕十三道：「當然不是。」

烏鴉道：「這一招是誰的？」

燕十三道：「你應該猜得出。」

烏鴉道：「這就是三少爺的劍法？」

燕十三道：「除了他還有誰？」

烏鴉道：「至少還有你，還有曹冰！」

燕十三苦笑。他想不到曹冰會在暗中偷學了這一招，那時他們都太專心，根本沒有注意到樹林中還有別的人。他更想不到曹冰會拿烏鴉來試劍。

他只想到了一件事——

曹冰下一個要去找的人，一定就是謝曉峰。神劍山莊的三少爺謝曉峰。

燕十三在樹林裡見到的是什麼人，三少爺的絕劍他們怎麼學會的？這些事烏鴉都沒有問，他已經很了解燕十三這個人。

「你要去神劍山莊就快去，我留下。」

燕十三的確急著想去，曹冰既然偷學了三少爺那一招，當然也同樣偷學了他那一招。

他實在不願意別人用他的劍法去破三少爺的那一劍。這本該是他的光榮和權利。就算破不了那一劍，死的也應該是他。

「可是你已受了傷，一個人留在這裡……」

他不能不為烏鴉擔心。烏鴉並不是種受人歡迎的鳥，也絕不是個受歡迎的人。要殺烏鴉的人一定不少。

烏鴉卻在冷笑，道：「你放心，我死不了的，你應該擔心的是你自己。」

燕十三道：「我自己？」

烏鴉道：「從這裡到綠水湖並不遠，這一路上已不會有人再替你付賬了。曹冰一定已找到最迅速舒服的馬車，走的一定是最快的一條路。一個囊空如洗的人，只憑兩條腿趕在曹冰前面，到了神劍山莊時，唯一還能擊敗的人，恐怕已只有他自己。」

烏鴉道：「除非你的運氣特別好，很快就能遇見一個騎著快馬的有錢人，先搶他的錢，再奪他的馬。」

燕十三笑了，道：「你放心，這種事我並不是做不出的。」

烏鴉也笑了。

兩個人忽然同時伸出手，緊緊握住。

烏鴉道：「你快去，只要你不死，我保證你一定還可以再見到我。」

燕十三道：「我若死了，一定會叫人把我的劍送給你。」

烏鴉道：「你是不是說過，一個快死的人，運氣總是特別好？」

燕十三道：「我說過。」

烏鴉道：「看起來你的運氣現在好像又要來了。」

來的是輛馬車。

快馬輕車，來得很快。他們剛聽見車轉馬嘶，馬車就已從山坳後轉出來。

烏鴉道：「我相信這種事你是一定能做得出的。」

燕十三道：「當然。」

他嘴巴說得雖硬，其實真到了要做這種事的時候，他就傻了。

他實在不知道應該怎麼動手？他忽然發現要做強盜也不是他以前想像中那麼容易的事。

眼看著馬車已將從他們身旁衝過去，他還連一點出手的意思都沒有。

烏鴉皺眉道：「這種好運氣絕不會有第二次的。」

燕十三道：「也許我……」

他的話還沒有說出來，馬車驟然在他們面前停下。

他並沒有出手，馬車居然自動停了下來。車廂中有個嘶啞而奇怪的聲音道：「急著要趕路的人，就請上車來！」

烏鴉看著燕十三，燕十三也看了看烏鴉。

烏鴉道：「運氣特別好的人，也未必真的就快死了。」

燕十三大笑。

車門已開，他一掠上車，大笑揮手：「只要我不死，我保證你也一定會再見到我的，就算你不想再見我都不行。」

車廂裡的人究竟是誰？

輕車快馬。乾淨舒服的車廂裡，只有一個人穿著件寬大的黑袍，用黑帕包著頭，還用黑巾蒙著臉。

燕十三就在他對面坐下，只問了一句話：「你能不能儘快載我到翠雲峰，綠水湖去？」

「能。」

聽到了這個字，燕十三就閉上了嘴。甚至連眼睛都閉了起來。他本來有很多話應該問的，可是他居然連一句都沒有問。他並不是個好奇的人。

這黑衣人對他卻顯然有點好奇了，一雙半露在黑巾外的眼睛，一直在盯著他。這雙眼睛很亮。

馬車走得很快，燕十三一直閉著眼睛，也不知睡著了沒有。

他沒有睡著。因爲黑衣人從車墊下拿出一瓶酒，開始喝的時候，他的喉結也開始在動。

睡著了的人酒香是嗅不到的。黑衣人眼睛裡有了笑意，把酒瓶遞過去，道：「要不要喝兩口？」

當然要。

燕十三伸手去拿瓶的時候，就好像快淹死的人去抓水中的浮木一樣。

可是他的眼睛還沒有張開來。如果他張開眼來看看，就會發現這黑衣人的一雙手也很好看。無論多秀氣的男人，都很少會有這麼樣一雙手的。事實上，這麼好看的手，連女人都很少有，纖長秀美的手指，皮膚柔滑如絲緞！

燕十三把酒瓶送回去的時候——

當然是個已經快空的酒瓶。

他碰到了這雙手。只要他還有一點感覺，就應該能感覺到這雙手的柔滑纖美。

可是他好像連一點感覺都沒有。黑衣人又盯著他看了半天，忽然問道：「你是不是人？」

他的聲音還是那麼嘶啞而奇怪，有這麼樣一雙手的人，本不該有這樣的聲音。

燕十三的回答很簡單！

「我是人！」

「是不是活人？」

「到現在爲止還是的！」

黑衣人道：「但你卻不想知道我是誰。」

燕十三道：「我知道你也是個人，而且一定也是個活人。」

黑衣人道：「這就夠了？」

燕十三道：「很夠了。」

黑衣人道：「我的馬車並不是偷來的，酒也不是偷來的，我爲什麼要無緣無故的請你上車，送你到綠水湖，而且還請你喝酒？」

燕十三道：「因爲你高興！」

黑衣人怔了半天，忽然又吃吃的笑了起來。現在她的聲音已變了，變得嬌美而動聽。現在無論誰都一定會知道她是個女人，而且一定是個很好看的女人。

好看的女人，男人總是喜歡看的。

黑衣人道：「你不想看看我是誰？」

燕十三道：「不想！」

黑衣人道：「為什麼？」

燕十三道：「因為我不想惹麻煩。」

黑衣人道：「你知道我有麻煩？」

燕十三道：「一個無緣無故就請人坐車喝酒的人，多多少少總有點毛病。」

黑衣人道：「是有毛病？還是有麻煩？」

燕十三道：「一個有毛病的人，多多少少總會有點麻煩。」

黑衣人又笑了，笑聲更動聽：「也許你看過我之後，就會覺得縱然為我惹點麻煩，也是值得的。」

燕十三道：「哦？」

黑衣人道：「因為我是個女人，而且很好看。」

燕十三道：「哦？」

黑衣人道：「一個很好看的女人，總希望讓別人看看她的。」

燕十三道：「哦？」

黑衣人道：「別人若是拒絕了她，她就一定會覺得是種侮辱，一定會傷心。」

她輕輕嘆了口氣，道：「一個女人在傷心難受的時候，就往往會做出一些莫名其妙的事！」

燕十三道：「譬如說什麼事？」

黑衣人道：「譬如說，她說不定會忽然把自己請來的客人趕下車去！」

燕十三也開始在嘆氣。開始嘆氣的時候，他已睁開了眼睛——

一瞬間立刻又閉上。就好像忽然見了鬼一樣。因爲他看見的，已經不是一個全身上下都包在黑衣服裡的人。

他看見的當然也不是鬼。無論天上地下，都找不出這麼好看的鬼來。他看見的是個女人。

一個赤裸的女人，全身上下連一塊布都沒有，黑巾白花布都沒有。只有絲緞。她全身上下的皮膚都光滑柔美如絲緞。

燕十三本來的名字當然並不是真的叫燕十三，可是他本來的名字也絕不是魯男子，更不是柳下惠。

他見過女人。各式各樣的女人都見過，有的穿著衣服，也有的沒穿衣服。有的本來穿著衣服，後來卻脱了下來。有的甚至脱得很快。

一個赤裸的女人，本來絕不會讓他這麼樣吃驚的。他吃驚，並不是認爲這女人太美，也不是因爲她的腰肢太細，乳房太豐滿。

當然更不是因爲她那雙修長結實，曲線柔美的腿。這些事只會讓他心跳，不會讓他吃驚。

他吃驚，只因爲這女人是他見過的，剛剛還見過的，還做了件讓他吃驚的事。這女人當然不會是慕容秋荻。

這女人赫然竟是夏侯星那溫柔嫻雅的妻子，火焰山，紅雲谷，夏侯世家的大少奶奶。

夏侯星的劍法也許並不算太可怕，但是他們的家族卻很可怕。

火焰山，紅雲谷的夏侯氏，不但家世顯赫，高手輩出，而且家規最嚴。夏侯山莊中的人，無論走到哪裡去，都絕不會受人輕慢侮辱。夏侯山莊的女人走出來，別人更連看都不敢去多看一眼。因爲你若多看了一眼，你的眼珠子就很可能被挖出來。所以無論誰忽然發現夏侯家裡大少奶奶，赤裸裸的坐在自己對面，都要嚇一跳的。坐在對面還好些。現在薛可人居然已坐到他旁邊來，坐得很近，他甚至已可感覺到她的呼吸，就在他耳朵旁邊。

燕十三卻好像已經沒有呼吸。他並不笨，也不是很會自我陶醉的那種人。他早已算準了坐上這輛馬車後，多多少少總會有點麻煩的。

但他卻不知道這麻煩究竟有多大。

現在他知道了。

如果他早知道這麻煩有多大，他寧可爬到綠水湖去，也不會坐上這輛馬車來。

一個赤裸的美女，依偎在你身旁，在你的耳畔輕輕呼吸。

這是多麼綺麗的風光，多麼溫柔的滋味。如果說燕十三一點都不動心，那一定是騙人的話，不但別人不信，連他自己都不信。

就算他明知道女人很危險，危險得就像是座隨時都會爆破的火山。

就算他能不呼吸，不去嗅她身上散發出的香氣，可是他不能讓自己的心不動，不跳。

他心跳得很快。如果他早知道會有這種事發生，他的確是絕不會坐上這輛馬車來的。可是他現在已經坐上來了。

他耳畔不但有呼吸，還有細語：「你爲什麼不看我？你不敢？」

燕十三的眼睛已經睜開來，已經在看著她。

薛可人笑了，嫣然道：「你總算還是個男人，總算還有點膽子。」

燕十三苦笑道：「可是我就算看三天三夜，我也看不出。」

薛可人道：「看不出什麼？」

燕十三道：「看不出你究竟是不是個人。」

薛可人道：「你應該看得出的。」

她挺起胸膛，伸直雙腿：「如果我不是人，你看我像什麼？」

只要有眼睛的，都應該看得出她不但是個人，是個女人，是個活女人，而且還是個女人中的女人，每分每寸都是女人。

燕十三道：「你很像是個女人，可是你做的事卻不像！」

薛可人道：「你想不通我為什麼要這樣做？」

燕十三道：「如果我能想得出，我也不是人了！」

薛可人道：「你認為你自己很醜？」

燕十三道：「還不算太醜。」

薛可人道：「很老？」

燕十三道：「也不算太老。」

薛可人道：「有沒有什麼缺陷？」

燕十三道：「沒有！」

薛可人道：「有沒有女人喜歡過你？」

燕十三道：「有幾個。」

薛可人道：「那麼奇怪的是什麼？」

燕十三道：「如果你是別的女人，我非但不會奇怪，而且也不會客氣，可惜你……」

薛可人道：「我怎麼樣？」

燕十三道：「你有丈夫！」

薛可人道：「女人遲早總要嫁人的，嫁了人後，就一定會有丈夫。」

這好像是廢話，但卻不是。

因爲她下面一句話問得很絕：「如果她嫁的不是個人，她算不算有丈夫？」

這句話問得真夠絕，下面還有更絕的：「如果一個女人嫁給了一條豬，一條狗，一塊木頭，她能不能算有丈夫？」

燕十三實在不知道應該怎麼回答，他只有反問：「夏侯星是豬？」

薛可人道：「不是！」

燕十三道：「是木頭？」

薛可人道：「也不是。」

燕十三道：「那麼他是狗？」

薛可人嘆了口氣，道：「如果他是狗，也許反倒好一點。」

燕十三道：「爲什麼？」

薛可人道：「因爲狗至少還懂一點人意，有一點人性。」

她咬著嘴唇，顯得又悲哀，又怨恨：「夏侯星比豬還懶，比木頭還不解溫柔，比狗還會咬人，卻偏偏還要裝出一副很了不起的樣子，我嫁給他三年，每天都恨不得溜走。」

燕十三道：「你爲什麼不溜？」

薛可人道：「因爲我從來都沒有機會，平時他從來都不許我離開他一步。」

燕十三又在找，找那瓶還沒有完全被他喝光的酒。

他想用酒瓶塞住自己的嘴。因爲他實在不知道應該說什麼。

七 禍上身來

酒瓶就在他對面，他很快就找到了，卻已不能用酒瓶塞住自己的嘴。

因爲他的嘴已經被另外一樣東西塞住，一樣又香又軟的東西。

大多數男人的嘴被這樣東西塞住時，通常都只會有一種反應。

一種嬰兒的反應。

可是燕十三的反應卻不同。他的反應就好像嘴裡忽然鑽入條毒蛇。

很毒很毒的毒蛇。

這種反應並不太正常，也不太會令人愉快。

薛可人幾乎要生氣了，噘起嘴道：「我有毒？」

燕十三道：「好像沒有。」

薛可人道：「你有？」

燕十三道：「大概也沒有。」

薛可人道：「你怕什麼？」

燕十三道：「我只不過想知道一件事。」

薛可人道：「什麼事？」

燕十三道：「我只想知道你究竟想要我幹什麼？」

薛可人道：「你以爲我這麼樣對你，只因爲我想要你做件事？」

燕十三笑笑。

笑笑的意思，就是承認的意思。薛可人生氣了，真的生氣了，自己一個人生了半天氣，還想繼續生下去。

只可惜一個人生氣也沒什麼太大的意思，所以她終於說了老實話。

她說：「其實這並不是我第一次溜走，我已經溜過七次。」

燕十三道：「哦？」

薛可人道：「你猜我被抓回去幾次？」

燕十三道：「七次。」

薛可人嘆了口氣，道：「夏侯星這個人別的本事沒有，只有一樣最大的本事！」

燕十三道：「哦？」

薛可人道：「不管我溜到哪裡，他都有本事把我抓回去。」

燕十三又笑笑，道：「這本事倒真不小。」

薛可人道：「所以這次他遲早一定還是會找到我的。幸好這次已不同了！」

燕十三道：「有什麼不同？」

薛可人道：「這次他抓住我的時候，我已經是你的人。」

她不讓燕十三否認，立刻又解釋：「至少他總會認爲我已經是你的人！」

燕十三沒有笑，可是也不能否認。

不管誰看見他們現在這樣子，都絕不會有第二種想法的。

薛可人道：「他這人還有另外一種本事，他很會吃醋。」

這種本事男人通常都有的。

薛可人道：「所以他看見我們這樣子，一定會殺了你。」

燕十三也只有同意。

薛可人道：「如果別人要殺你，而且非要殺你不可，你怎麼辦？」

她自已替他回答：「你當然也只有殺了他。」

燕十三在嘆氣。

現在他總算已明白她的意思。

薛可人柔聲道：「可是你也用不著嘆氣，因爲你並沒有吃虧，有很多男人都願意爲了我這樣的女孩子殺人的。」

燕十三道：「我相信一定有很多男人會，可是我……」

薛可人道：「你也一樣！」

燕十三道：「你怎麼知道我也一樣？」

薛可人道：「因爲到了那時候，你根本就沒有選擇的餘地。」

她抓住了他的脖子：「到了那時候，你不殺他，他也要殺你，所以你現在還不如……」

她沒有說下去，並不是因爲有樣東西塞住了她的嘴，而是因爲她的嘴堵住了別人的嘴。

這次燕十三並沒有把她當毒蛇，這次他好像已經想通了。

可惜就在這時候，拉車的馬忽然一聲驚嘶。

他一驚回頭，就看見一隻車輪子在窗口外從他們馬車旁滾到前面去。

就是他們這輛馬車的輪子。

就在他看見這隻輪子滾出去的時候，他們的馬車已衝入道旁，倒了下去。

馬車倒下去車窗就變得在上面了。

一個人正在上面冷冷的看著他們，英俊冷漠的臉，充滿了怨毒的眼睛。

薛可人嘆了口氣，道：「你看他是不是真的有本事？」

燕十三只有苦笑，道：「是的。」

夏侯星是世家子弟。

世家子弟通常都很有教養，很少說粗話的，就算叫人「滾」的時候，通常也會說「請」。

可是不管什麼人總有風度欠佳的時候，現在夏侯星無疑就到了這種時候。

到現在他還沒有跳起來破口大罵，實在已經很不容易。他只不過罵了句：「賤人，滾出來。」

薛可人居然很聽話，要她出來，她立刻就出來。

她身上連一寸布都沒有。夏侯星又急了，大吼道：「不許出來。」

薛可人嘆了口氣，道：「你知道我是一向最聽你話的，可是現在你又叫我滾出去，又不許我出去，我怎麼辦呢？」

夏侯星蒼白的臉色已氣得發紫，指著燕十三，道：「你……你……你……」

他本就不是個會說話的人，現在又急又氣，連話都說不出了。

薛可人道：「看樣子他是要你滾出去？」

燕十三道：「絕不是。」

薛可人道：「不是？」

燕十三道：「因爲我既不是賤人，也不會滾。」

他笑了笑，又道：「我知道夏侯公子一向是個有教養的人，如果他要我出去，一定會客客氣氣的說個請字。」

夏侯星的臉又由紫發白，握緊雙拳，道：「請，請請，請……」

他一向說了十七八個「請」字，燕十三早已出來了，他還在不停的說。

燕十三又笑了，道：「你究竟要請我幹什麼？」

夏侯星道：「我要請你去死。」

道路前面，遠遠停著輛馬車，車門上還印著夏侯世家的標誌。

那孩子和趕車的都坐在前面的車座上，瞪著燕十三。

趕車的是個白髮蒼蒼，又瘦又小的老頭子，幹這行也不知有多少年了，趕起車來，絕不會比任何一個年輕小夥子差勁。

那孩子身手靈活，當然也練過武。但是他們卻絕對沒法子幫夏侯星出手的，所以燕十三要對付的，還是只有夏侯星一個人。

這點讓燕十三覺得很放心。

夏侯星雖然並不容易對付，那柄千蛇劍更是件極可怕的外門兵器。

可是就憑他一個人，一柄劍，燕十三並沒有十分放在心上。

他只覺得這件事有一點不對。

雖然他對夏侯星這個人也並沒什麼好感，可是爲了一個女人去殺她的丈夫……

他沒有時間再考慮下去。

夏侯星的千蛇劍，已如帶著滿天銀雨的千百條毒蛇般向他擊來。

他本來可以用奪命十三劍中的任何一式去破解這一招的。可是就在這一瞬間，他忽然有了種奇怪的想法——曹冰可以用烏鴉試劍，我爲什麼不能乘此機會，試試三少爺那一劍的威力？

就在他開始有這種想法時，他的劍已揮出，如清風般自然，如夕陽般絢麗。

他用的正是三少爺那一劍。這一劍他用得並不純熟，連他自己使出時，都沒有感覺到它的威力。

他立刻就感覺到了。

夏侯星那毒蛇般的攻擊，忽然間就已在這清風般的劍光下完全瓦解，就像是柳絮被吹散在春風中，冰雪被溶化在陽光下。

夏侯星的人竟也被震得飛了出去，遠遠的飛出七八丈，跌在他自己的馬車頂上。

燕十三自己也吃了一驚。老車伕忙著去照顧夏侯星，孩子瞪大了眼睛，吃驚的看著他。薛可人在嘆氣，微笑著嘆氣，嘆氣是假的，笑是真的。

她笑得真甜。

「想不到你的劍法比我想像中還要高得多。」

燕十三嘆息著笑道：「我也想不到。」

他的嘆息並不假，笑卻是苦的。他自己知道，若是用自己的奪命十三劍，隨便用哪一招，都絕不會有這樣的威力。

——如果沒有慕容秋荻的指點，他怎麼能抵擋這一劍？

——現在他就算能擊敗三少爺，那種勝利又是什麼滋味？

燕十三的心裡也有點發苦，手腕一轉，利劍入鞘。他根本沒有再去注意夏侯星，他已不再將這個人放在心上。想不到等他抬起頭來時，夏侯星又已站在他面前，冷冷的看著他。

燕十三嘆了口氣，道：「你還想幹什麼？」

夏侯星道：「請。」

燕十三道：「還想請我去死？」

夏侯星這次居然沉住了氣，冷冷道：「閣下剛才用的那一劍，的確是天下無雙的劍法！」

燕十三不能否認。這不但是句真話，也是句恭維話，可是他聽了心裡並不舒服。因爲那並不是他的劍法。

夏侯星又道：「在下此來，就因還想領教領教閣下剛才那一劍。」

燕十三道：「你還想再接那一劍？」

夏侯星道：「是的。」

燕十三笑了。

這當然並不是真笑，也不是冷笑，更不是苦笑。

這種笑只不過是種掩飾。掩飾他的思想。

——這小子居然敢再來嘗試那一劍，若不是發了瘋，就一定是有了把握。

——他看來並不像發了瘋的樣子。

——難道他也已想出了那一劍的破法，

而且自覺很有把握？燕十三的心動了。他實在也很想看看世上還有什麼別的法子能破這一劍！

夏侯星還在等著他答覆。

燕十三只說了一個字：「請。」

這個字說出口，夏侯星已出手，千蛇劍又化做了滿天銀蛇飛舞。

這一劍看來好像是虛招。

燕十三看得出，卻不在乎。

不管對方用的是虛招實招都一樣，三少爺的那一劍都一樣可以對付。

這次他用得當然比較純熟。就在他一劍揮出，開始變化時，「卡」的一聲，滿天銀蛇已合成一柄劍。

劍光凝住，一劍刺出。簡簡單單的一劍，簡單而笨拙，刺的卻正是三少爺這一劍唯一的破綻。

燕十三真的吃驚了。夏侯星用的這種劍法，竟和他自己在慕容秋荻面前施展出的完全一樣。連慕容秋荻都承認這是三少爺那一劍唯一的破法。現在他自己用的正是三少爺那一劍。夏侯星卻用了他自己想出的破法來刺殺他。

現在他的劍式已發動，連改變都無法改變了，難道他竟要死在自己想出的劍式下？

他沒有死！

他明明知道自己用的這一劍中有破綻，明明知道對方這一劍刺的就是致命的一點。

可是對方這一劍刺入這一點後，他用的這一劍忽然又有了變化。

一種連他自己都想不到的變化，也絕不是他自己想出來的變化。

那是這一劍本身變化中的變化。

那就像是高山上的流水奔泉，流下來時，你明明看見其中有空隙，可是等到你的手伸過去時，流泉早已填滿了這空隙。

「叮」的一聲響。

千蛇劍斷了，斷成了千百片碎片，夏侯星的人又被震得飛了出去，飛得更遠。

這一次老車伕也在吃驚的看著他，竟忘記照顧夏侯星了。

這一次薛可人不但在笑，而且在拍手。

可是這一次燕十三自己的心卻沉了下去，沉入了冰冷的湖底。

現在他才明白，三少爺那一劍中的破綻，根本就不是破綻。

現在他才明白，世上根本沒有人能破這一劍！

絕對沒有任何人！

他若想去破，就是去送死，曹冰若是去了，也已死定了！

——如果能破那一劍，是他的光榮，如果不能破，死的也應該是他。

夏侯星倒在地上，還沒有站起來，嘴角正在淌著血。

老車伕和孩子卻已被嚇呆了。

可是拉車的馬，卻還是好好的，無論誰都看得出那是匹久經訓練的好馬。

他想去搶這匹馬。

他更急著趕到神劍山莊去，就算是去送死，他也要趕去。他絕不能讓曹冰替他死。

因爲他是江湖人，江湖人總有自己獨特的想法。

就在這時，他聽見有人在咳嗽。一個穿得又髒又破，滿身又臭又髒的流浪漢，不停咳嗽著，從樹林裡走出來。

剛才他們都沒有看見這個人。

剛才樹林裡好像根本就沒有人，可是現在這個人卻明明從樹林裡走出來了。他走得很慢，咳嗽得很厲害。

剛才那一場驚心動魄的惡鬥，驚虹滿天的劍光，他也好像沒看見。

現在這些人他也好像沒看見。

——赤裸的美女，身子至少已有一半露在車窗外。

他沒看見。

——絕代的劍客，掌中還握著那柄殺氣森森的劍。

他也沒看見。

他眼睛裡好像只看見了一個人——看見了那又小又瘦的老車伕。

老車伕的身子已嚇得縮成了一團，還在不停的發抖。

這流浪漢不停的咳嗽著，慢慢的走過去，忽然站住，站在車前。

老車伕更吃驚，吃驚的看著他。他咳嗽總算停止了一下，忽然對這老車伕笑了笑，道：「好。」

老車伕道：「好？好什麼？什麼好？」

流浪漢道：「你好。」

老車伕道：「我什麼地方好？」

流浪漢道：「你什麼地方都好。」

老車伕苦笑，還沒有開口，流浪漢又道：「剛才若是你自己去，現在那個人已死了。」

一句話還未說完，他又開始不停的咳嗽，慢慢的走開了。

老車伕吃驚的看著他。每個人都在吃驚的看著他。好像都聽不懂他在說什麼！

燕十三卻好像似懂非懂，正想追過去再問問他。這個人卻已連影子都看不見了。他走得雖然慢，可是一霎眼間就已連影子都看不見了，甚至連咳嗽聲都已聽不見。

薛可人在喃喃自語：「奇怪，這個人我怎麼看起來很面熟？」

老車伕也在喃喃自語：「奇怪奇怪，這個人究竟在說什麼？」

燕十三已到了他面前，道：「他說的話別人也許不懂，可是我懂。」

老車伕道：「哦？」

燕十三道：「不但我懂，你也懂。」

老車伕閉上了嘴，又用驚詫的眼光在看著他。

燕十三道：「二十年前，紅雲谷最強的高手，並不是現在的莊主夏侯重山。」

老車伕道：「不是老莊主是誰？」

燕十三道：「是他的弟弟夏侯飛山。」

老車伕道：「可是……」

燕十三道：「可是夏侯飛山在二十年前就已忽然失跡，至今沒有人知道他的下落。」

老車伕嘆了口氣，道：「只怕他老人家早已死了很久了！」

燕十三道：「江湖中人都以為他已死了，現在我才知道他並沒有死。」

老車伕道：「你怎麼知道？」

燕十三道：「因爲我已知道他的下落。」

老車伕道：「他老人家在哪裡？」

燕十三道：「就在這裡！」

他盯著老車伕的眼睛，一字字道：「夏侯飛山就是你！」

暮色漸臨，風漸冷。

這老車伕畏縮的身子卻漸漸挺直，蒼老疲倦的眼睛裡忽然發出了光。

一種只有真正的高手才能發射出的神光。

燕十三道：「遠在二十年前，你就已會過奪命十三劍。」

八　醉意如泥

他又解釋：「二十年前，華山絕嶺，你和我先父那一戰，別人不知道，我知道。」

老車伕的手握緊。

燕十三道：「那一戰你敗在先父劍下，這二十年來，你對奪命十三劍一定研究得很透徹，因爲你一直都想找機會復仇！」

老車伕忽然嘆了口氣，道：「只可惜他死得太早了些。」

燕十三道：「就因爲你對奪命十三劍研究得很透徹，所以你才知道，十三劍外，還有第十四劍，所以你才能想得出剛才那一招破法。」

他嘆了口氣，道：「除了你之外，世上只怕再也沒有第二個人。」

老車伕並不否認。

燕十三道：「薛可人無論逃到哪裡，都逃不過夏侯星的手掌，當然也是因爲你。」

老車伕道：「哦？」

燕十三道：「火焰神鷹夏侯飛山追捕搜索的本事，二十年前，江湖中就已很少有人能比得上。」

老車伕淡淡道：「你知道的事好像真不少。」

燕十三道：「的確不少！」

老車伕眼睛裡忽又射出如劍般的寒光，道：「你也知道我爲什麼要忽然失蹤的？失蹤後爲什麼還要屈身爲奴，做夏侯星的車伕？」

燕十三淡淡道：「這些事我不必知道。」

這些事他的確不必知道，因爲這是別人的秘密，別人的隱私。可是他也並不是不知道。

——兄弟間的鬥爭，叔嫂間的私情，一時的失足，百年的遺恨。

這本就是一些巨大家族中常有的悲劇，並不止發生在夏侯世家。只不過他們輝煌的聲名和光彩，足以眩亂世人的眼睛，讓別人看不見這些醜陋而悲慘的事。

——夏侯飛山昔年的失蹤，是不是因爲他和他大嫂間的私情？

——他失蹤後，再悄悄回來，寧願屈身爲奴，做夏侯星的車伕，爲的是什麼？

——難道夏侯星就是他因爲這段孽緣而生下的兒子？

這些事燕十三都不願猜測。因爲這是別人的隱私，他不必知道。他也不想知道。

老車伕還在看著他，用那雙已不再衰老疲倦的眼睛看著他。燕十三並沒有逃避他的目光。

一個人若是問心無愧，就不必逃避，不管什麼都不必逃避。老車伕忽然問了句很奇怪的話。

他問：「你現在姓什麼？」

燕十三道：「燕，燕子的燕。」

老車伕道：「你就是燕十三？」

燕十三道：「是。」

老車伕道：「你真是你老子的兒子？」

燕十三道：「是！」

這幾句話不但問得奇怪，問得莫名其妙，回答的人也同樣莫名其妙。問的本來就是廢話。

廢話本來是用不著回答的，可是燕十三卻不能不回答。因爲他知道這些話並不是廢話，老車伕下面說的一句也不再是廢話。

他說：「你既然是你老子的兒子，我就本該殺了你的！」

燕十三沒有開口。

他了解這老人的心情，在江湖人心目中，失敗的恥辱，就是種永難忘懷的仇恨。仇恨就一定要報復。

老車伕道：「剛才我就想要用你自己的劍法殺了你！」

他長長嘆息，又道：「只可惜夏侯星的出手太軟，你那一劍的變化又太可怕。」

燕十三道：「他的出手並不軟，只不過他對自己已失去信心。」

老車伕默然。

燕十三道：「我那一劍用得並不純熟，所以剛才出手的若是你，我很可能已死在你的劍下。」

老車伕也承認，那流浪漢的確看得很準。

——他究竟是什麼人？

風塵中的奇人異士本就多得很，人家既不願暴露身分，你又何苦一定要去追究？

燕十三道：「現在……」

老車伕道：「現在已不同了！」

燕十三道：「有什麼不同？」

老車伕道：「現在你對自己用的那一劍已有了信心，連我都已破不了。」

燕十三道：「你至少可以試試。」

老車伕道：「不必。」

燕十三道：「不必？」

老車伕道：「有些事你既然不必知道，所以有些事我也不必再試。」

他不讓燕十三開口，又道：「二十年前，我敗在你父親劍下，二十年後，夏侯星又敗在你劍下，我又何必再試？」

他說得雖平淡，聲音中卻帶著說不出的傷感。

燕十三也明白他的意思。他所感傷的，也許並不是昔年的那一戰，而是今日的失敗。

因爲他終於發覺連自己的兒子都比不上別人的兒子。

這才是真正的失敗，徹底的失敗，這種失敗是絕對無法挽救的。

他就算殺了別人的兒子又有什麼用？

老車伕緩緩道：「夏侯氏今日已敗了，夏侯家的人你不妨隨便帶走一個。」

他已準備要燕十三帶走薛可人。

他已不想再要這種媳婦。

燕十三道：「我並不想帶走任何人。」

老車伕道：「你真的不想？」

燕十三搖搖頭，道：「但我卻想要……」

老車伕的瞳孔收縮，道：「你就算想要我的頭顱，我也可以給你！」

燕十三笑了笑，道：「我只不過想要一匹馬，快馬！」

果然是快馬。

燕十三打馬狂奔，對這匹萬中選一的快馬，並沒有一點珍惜。

對自己的體力他也不再珍惜。對這一戰，他已完全沒有把握，沒有希望，因爲他知道沒有人能破三少爺那一劍。

絕沒有！

他只希望能在曹冰之前趕到綠水湖。

綠水湖在翠雲峰下。

神劍山莊依山臨水，建築古老而宏大。湖的另一岸，是個小小的村落，村子裡的人大多都姓謝。要到神劍山莊去的人，通常都得經過這位謝掌櫃的轉達。就像大多數別的地方一樣，這酒家的名字也叫做杏花村。

……小小杏花村。

燕十三趕到小小杏花村時，馬已倒下。

幸好他的人還沒有倒。

他衝進去，他想找謝王孫問問，曹冰是不是已到了神劍山莊。

可是他不必問。因爲他一衝進去，就看見了答案。一個活生生的答案。

小小杏花村裡只有兩個人，燕十三一衝進去，就看見了曹冰。

活生生的曹冰，曹冰已經先來了。

曹冰還活著。他是不是已經會過了三少爺，現在他還活著，難道三少爺已死在他劍下？

燕十三不信，卻又不能不信。曹冰絕不是那種有耐性的人，一到這裡，就一定會闖入神劍山莊去。

他絕不會留在這裡等。無論誰闖入了神劍山莊，還能活著出來，只有一種原因。

他已擊敗了神劍山莊中最可怕的一個人。

曹冰真的能擊敗三少爺？他用的是什麼方法破了三少爺的那一劍？燕十三很想問，卻沒有問。

因爲曹冰雖然還活著，卻已醉了。

大醉。醉如泥。幸好酒店裡另外還有一個沒有醉的人，正在看著他搖頭嘆息。

「這位仁兄看來一定不是個喝酒的人，只喝了半斤多，就整整醉了一天。」

不是喝酒的人，爲什麼要喝醉？

是因爲一種勝利後的空虛，還是因爲他在決戰前想喝點酒壯膽，卻先醉了？

燕十三忍不住問：「你就是這裡的謝掌櫃？」

本來在搖頭嘆息的人，立刻點了點頭。

燕十三道：「你知道這位仁兄是不是已會過了謝家的三少爺？」

謝掌櫃道：「不知道。」

燕十三道：「他是不是已到過神劍山莊？」

謝掌櫃道：「不知道。」

燕十三道：「現在三少爺的人呢？」

謝掌櫃道：「不知道。」

燕十三冷冷道：「你知道什麼？」

謝掌櫃笑了笑，道：「我只知道閣下就是燕十三，只知道閣下要到神劍山莊去。」

燕十三笑了。

應該知道的事這個人全不知道，不該知道的事他反而好像全知道。

燕十三道：「你能不能帶我去？」

謝掌櫃道：「能！」

綠水湖的湖水綠如藍。

只可惜現在已是殘秋，湖畔已沒有垂柳，卻有條快船。

「這條船就是專門爲了接你的，我已準備好三天。」

他們上了船。船中不但有酒有菜，還有一張琴，一枰棋，一卷書，一塊光滑堅硬的石頭。

燕十三道：「這是什麼？」

謝掌櫃道：「這是磨劍石。」

他微笑著解釋：「到神劍山莊去的人，我已看得多了，每個人上了這條船後，做的事都不一樣！」

燕十三在聽著。

謝掌櫃道：「有的人一上船就拚命喝酒。」

燕十三道：「喝酒可以壯膽。」

他倒了杯酒，一飲而盡：「只不過喝酒並不一定是爲了壯膽。」

謝掌櫃立刻同意，微笑道：「有些人喝酒就只因爲喜歡喝酒。」

燕十三又喝了三杯。

謝掌櫃道：「也有的人喜歡撫琴，看書，甚至還有的人喜歡一個人打棋譜。」

這些都是可以讓人心神鬆弛，保持鎭定的法子。

謝掌櫃道：「可是大多數人上了這條船後，都喜歡磨劍。」

磨劍也是種保持鎭定的法子，而且還可以完全不用腦筋。

謝掌櫃看著燕十三的劍，道：「這是塊很好的磨劍石。」

燕十三笑了笑道：「我這把劍一向不用石頭磨。」

謝掌櫃道：「不用石頭用什麼？」

燕十三淡淡道：「用脖子，仇人的脖子。」

水波盪漾，倒映著滿天夕陽，遠處的翠雲峰更美如圖畫。

船艙裡很平靜，因爲謝掌櫃已閉上了嘴。他的脖子並不想被人用來磨劍，可是他的眼睛還是忍不住要去看看那柄劍。

上面鑲著十三粒明珠的劍。這不是把寶劍，卻是把名劍，非常有名的劍。

燕十三面對窗外的湖光山色，彷彿在想心事，也不知過了多久，忽然回頭道：「你當然見過那位三少爺。」

謝掌櫃不能不承認。

燕十三道：「你知不知道他平時用的是把什麼樣的劍？」

他見過三少爺出手，遠遠的見過一次，可是他並沒有看清那把劍。

因爲三少爺的出手實在太快。所以他忍不住想問問，可是一問出來，就覺得是多餘的。

因爲謝掌櫃的回答一定是：「不知道。」

可是這次他居然想錯了。

謝掌櫃沉吟著，緩緩道：「你知不知道那次華山論劍的事？」

燕十三知道。

謝掌櫃道：「三少爺用的就是那柄劍。」

燕十三道：「天下第一劍？」

謝掌櫃點點頭，嘆息著道：「那才真正是天下無雙的名劍。」

燕十三承認：「那的確是的！」

謝掌櫃道：「有很多人坐這條船去，都還不是爲了想瞻仰瞻仰那把劍。」

燕十三道：「每次負責接送的都是你？」

謝掌櫃道：「通常都是的，去的時候，我通常陪他們下棋喝酒。」

燕十三道：「回來的時候呢？」

謝掌櫃笑了笑道：「回來的時候，通常都是我自己一個人回來。」

燕十三道：「爲什麼？」

謝掌櫃淡淡道：「因爲他們一去，就很少有回來的。」

夕陽淡了，暮色濃了。

遠處的青山，已漸漸的隱沒在濃濃的暮色裡，就像是一幅已褪了色的圖畫。

船艙裡更安靜。因爲燕十三也閉上了嘴。

——現在他這一去，是不是還能活著回來？

他忽然想起了很多事，很多不該想的事。

他想起了自己的童年，想起了那些青春時的遊伴。也想起了那些死在他劍下的人。

——其中有多少人是不該死的？

他又想起了第一個陪他睡覺的女人，那時他還是個孩子，她卻已很有經驗。對他說來，那件事並不是件很有趣的經驗，可是現在卻偏偏忽然想了起來。

他甚至還想到了薛可人。現在她是不是又跟著夏侯星回去了？夏侯星是不是還要她？

這些事根本就是他不用去想，不必去想，也是他本來從不願去想的。可是他現在卻全都想起來了，想得很亂。就在他思想最亂的時候，他看見了一個人，就站在秋夕暮中，綠水湖畔。

一個人思想最亂的時候，通常都很不容易看見別的人，別的事。燕十三卻在思緒最亂的時候看見了這個人。

這個人並不特殊。這個人是個中年人，也許比中年還老些，他的兩鬢已斑，眼色中已露出老年的疲倦。

他穿得很樸素，一縷青衫，布鞋白襪。看起來他只不過是個很平凡的人，就這麼樣隨隨便便的走到這綠水湖畔，看見了這殘秋的山光水色，就這麼樣隨隨便便的站下來。

也許就因爲他太平凡，平凡得就像是這殘秋的暮色，所以燕十三才看見了他。

——愈平凡的人和事，有時反而愈不容易去不看。

燕十三看見他，也正如看見這秋夕暮色一樣，心裡只會感覺到很平靜，很舒服，很美，絕不會有一點點驚詫和恐懼。

九　深藏不露

謝掌櫃也看見了這個人，卻顯得很驚訝，甚至還有點恐懼。

燕十三忍不住問：「這個人是誰？」

謝掌櫃反問道：「你知不知道神劍山莊，這一代的莊主是誰？」

燕十三當然知道：「是謝王孫。」

謝掌櫃道：「你現在看見的這個人，就是謝莊主，謝王孫。」

謝王孫並不是那種叱咤江湖，威震武林的名俠。他名聞天下，只因爲他是神劍山莊的莊主。

燕十三知道這一點，卻還是想不到這位名聞天下的謝莊主，竟是這麼隨和，這麼平易的人。

看起來他雖然並不太老，可是他的生命卻已到了黃昏，就正如這殘秋的黃昏般平和寧靜，這世上已不再有什麼令他動心的事。

他的手也是乾燥而溫暖的。現在他正握起了燕十三的手，微笑道：「你用不著介紹自己，我知道你。」

燕十三道：「可是前輩你……」

謝王孫道：「千萬不要稱我前輩，到了這裡，你就是我的客人。」

燕十三沒有再爭辯，也沒有再客氣。

被這隻手握著，他心裡忽然也有了種很溫暖的感覺。

可是他另一隻手還是在緊緊握著他的劍。

謝王孫道：「我的家就在前面不遠，我們可以慢慢的走過去。」

他微笑著，又道：「能夠在這麼好的天氣裡，和一個像你這樣的人散散步，聊聊天，實在是件很愉快的事。」

夕陽雖已消失，山坡上的楓葉卻還是艷麗的。

晚風中充滿了乾燥木葉的清香，和一種從遠山傳來的芬芳。

夾道的楓林中，有一條小小的石徑。

燕十三心裡忽然有了種他已多年未曾有過的恬適和安靜。他忽然想到了詩：「遠上寒山不徑斜，白雲深處有人家，停車愛坐楓林晚，霜葉紅於二月花。」

此時此刻，這種意境，豈非就正是詩的意境？走在他身旁的這個人，豈非也正是詩中的人，畫中的人？

謝王孫走得很慢。對他說來，生命雖然已很短促，可是他並不焦躁，也不焦急。遠遠望過去，神劍山莊那宏偉古老的建築，已隱約可見。

謝王孫道：「這還是我祖先們在兩百年前建立的，至今都沒有一點改變。」他的聲音中也帶著些感觸：「可是這裡的人卻都已改變了，改變了很多。」

燕十三靜靜的聽著。他聽得出這老人心裡的感觸，只不過是一點點感觸而已，並不是感傷。

因爲他已看破了一切。人本來就是要變的，又何必感傷？

謝王孫道：「建立這山莊的人，也就是這裡的第一代祖先，你大概也知道他。」

燕十三當然知道。

兩百年前，天下的名俠聚於華山，談武論劍，那是多麼令人神往的事。能夠在那時受到天下名俠的尊敬，這個人又是個多麼偉大的人。

謝王孫道：「自然他老人家仙去後，這裡已經歷了許多代，雖然沒有一個人能比得上他老人家的，可是謝家每一代的祖先，都曾經有過一段輝煌的歷史，做過些驚天動地的事。」

他笑了笑，接著道：「只有我，我只不過是個很平凡的，本不配做謝家的子孫！」

他笑得還是那麼平靜，那麼恬適：「就因爲我知道自己的平凡無能，所以我反而能享受一種平凡安靜的生活。」

燕十三只有聽著。這老人說的話，他實在沒法子接下去。

謝王孫道：「我有兩個女兒，三個兒子，大女兒嫁的是一個很有爲的年輕人，只可惜太驕傲了一點，所以他們死得都很早。」

燕十三聽說過這件事。謝家的大小姐，嫁的是當時江湖中最剽悍勇敢的少年劍客。他們的確死得很早，就死在他們洞房花燭夜的那一天晚上，被人暗算在他們的洞房裡。

謝王孫道：「我的二女兒死得也很早，是因爲憂鬱而死的，因爲她心裡愛上的一個人，是我的書童，她不敢說出來，我們也不知道，所以就將她許配給另一家人，婚期還未到，她就默默的死了。」

他輕輕嘆息：「其實她若是將心事說了出來，我們絕不會反對的，我那書童也是個好孩子！」

這是他第一次嘆息，也只不過是一聲無可奈何的嘆息而已。

並沒有太多悲傷。

——人們又何必要為已經過去的事悲傷？謝王孫道：「我的大兒子是個白癡，幼年時就夭折了，我的次子是為了要去替姐姐和姐夫報仇，戰死在陰山的。」

暗算謝家大小姐的陰山群鬼，在那一戰後，也沒有一個活著的。

謝王孫道：「這是我們家門的不幸，我並沒有埋怨過任何人。」

他的聲音還是很平靜：「每個人都有他自己的命運，是幸運？還是不幸？都怨不上別人，所以這些年來，我也漸漸看開了！」

一個人在經過這麼多悲慘和不幸之後，還能夠保持心境的平靜。就憑這一點，他就已是個很了不起的人。燕十三很佩服，真的很佩服。

謝王孫道：「現在我想得真開，造成這些不幸的，也許只因為我們謝家的殺戮太重……」

能想到這一點，更令人佩服。但是他為什麼要將這些事告訴別人？這本是他們自己家族的隱私，本不必讓別人知道的。

——他告訴我這些事，是不是因為他已將我當做個死人？

——只有死人才是永遠不會洩露任何秘密的。

燕十三已想通了這一點。可是他並不在乎。因為他也想開了，別人對他的看法，他已完全不放在心上。

謝王孫又道：「你當然知道我還有個兒子，叫謝曉峰。」

燕十三道：「我知道。」

謝王孫道：「他的確是個很聰明的孩子，謝家的靈氣，好像已完全鍾於他一身。」

燕十三道：「我知道他少年時就曾擊敗了當時的名劍客華少坤。」

謝王孫道：「華少坤的劍法，並沒有傳說中那麼高，而且也太驕傲，根本沒有將一個十來歲的孩子看在眼裡。」

他慢慢的接著道：「一個人要學劍，就應該誠心正意，絕不能太驕傲，驕傲最易造成疏忽，任何一點疏忽，都足以致命。」

這的確是金玉良言，燕十三當然在聽著。

謝王孫笑了笑，道：「可是我那孩子並沒有這種毛病，他雖然少年時就已成名，可是他從來沒有輕視過任何人。」

燕十三忍不住長長嘆息，道：「只憑這一點，就難怪他能天下無敵了！」

謝王孫忍不住又嘆了口氣，道：「可惜這也是他的不幸。」

燕十三道：「爲什麼？」

謝王孫道：「就因爲他從不輕視任何人，所以他對敵時必盡全力。」

他沒有再說下去，燕十三已明白他的意思。

——一個人對敵時若是必盡全力，劍下就一定會傷人。

他早就知道三少爺的劍下是從來沒有活口的。

謝王孫又在嘆息，道：「他平生最大的錯誤，就是他的殺戮太重了。」

燕十三道：「這並不是他的錯！」

謝王孫道：「不是？」

燕十三道：「也許他並不想殺人，他殺人，是因爲他沒有選擇的餘地。」

——你不殺我，我殺你。

燕十三也在嘆息，道：「一個人到了江湖，有時做很多事都是身不由主的，殺人也一樣！」

謝王孫看著他，看了很久，緩緩道：「想不到你居然很了解他。」

燕十三道：「因爲我也殺人！」

謝王孫道：「你是不是也很想殺了他？」

燕十三道：「是！」

謝王孫道：「你很誠實。」

燕十三道：「殺人的人，一定要誠實，不誠實的人，通常都要死於別人劍下。」

——學劍的人，就得誠心正意，這道理本是一樣的。

謝王孫看著他，眼睛裡忽然露出種很奇怪的表情，忽然道：「好，你跟我來。」

燕十三道：「謝謝你！」

謝謝你，這本是很平常的一句話。此時此刻，他居然會說出這句話來，就變得很奇怪了。

他爲什麼要謝？是因爲這老人對他的了解，還是因爲這老人肯帶他去送死？

他本來就是送死來的。

夜。

夜色初臨，神劍山莊中已有燈火次第亮起。

他們走入了大廳旁的一間屋子。大廳裡燈火輝煌，這間屋子裡燈光都是昏黃黯淡的。

屋子裡每樣東西，都蒙著塊黑巾，顯得更陰森冷寂。

謝王孫爲什麼不在大廳中接待賓客？爲什麼將他帶到這裡來？燕十三沒有問，也不必問。

謝王孫已掀開一塊黑布，露出一塊匾，和五個金光燦爛的字：「天下第一劍。」

謝王孫道：「這是自古以來，江湖中從來沒有人得到過的榮譽，謝家的子孫，一直都對它很珍惜，也很慚愧。」

燕十三道：「慚愧？」

謝王孫道：「因爲自從他老人家仙去後，謝家的子孫就沒有一個能配得上這五個字。」

燕十三道：「可是現在江湖中已公認有一個人能配得上這五個字了！」

只有一個人。

謝家的三少爺。

謝王孫道：「所以他老人家當年在華山用的那柄劍，現在也傳給了他。」

他又強調：「那柄劍已多年沒有動用過，至今才傳給他。」

燕十三了解。

除了「他」之外，有誰配用那柄劍？

謝王孫道：「你想不想看看這柄劍？」

燕十三道：「想，很想。」

又一塊黑布掀起，露出個木架。

木架上有一柄劍。劍鞘是烏黑的，雖然已陳舊，卻仍保存得很完整。杏黃色的劍穗色彩已消褪了，形式古雅的劍鍔卻還在發著光。

謝王孫靜靜的站在這柄劍前，就好像面對著自己心裡最尊敬的神祇。

燕十三的心情也一樣。他的心情甚至比謝王孫更虔誠，因爲他知道世上只有這柄劍可以殺了他！

謝王孫忽然道：「這並不是名師鑄成的利器，也不是古劍。」

燕十三道：「這柄是天下無雙的名劍。」

謝王孫承認：「的確是的。」

燕十三道：「只不過我真正要看的，並不是這柄劍。」

謝王孫道：「我知道！」

燕十三道：「我要看的，是這柄劍的主人，現在的主人。」

謝王孫道：「現在你已經面對著他。」

燕十三面對著的，是置劍的木架。木架後還有件用黑布蒙著的東西，一件長長的方方的東西。

燕十三心裡忽然有了種說不出的寒意，從心頭一直冷到足底。他已感覺到某種不祥的事。他想問，可是他不敢問。他甚至不敢相信，也不願相信，他只希望這種感覺是錯誤的。

可惜他沒有錯。這塊黑布掀起，露出的是口棺材，嶄新的棺材上，彷彿有八九個字。

燕十三只看見了三個字：「謝曉峰……」

大廳裡燈火雖然依舊同樣輝煌，可是無論多輝煌的燈光，都已照不亮燕十三的心。

因爲他心裡的光華已消失了。

劍的光華已消失了——

唯一能殺他的那柄劍！

「曉峰已死了十七天。」

那當然絕不是死在曹冰劍下的，沒有人能擊敗他！絕對沒有任何人。

唯一能擊敗他的，就是命運！

——每個人都有他自己的命運，也許就因爲他的生命太輝煌，所以才短促。

他死得雖突然，卻很平靜。老人的眼中雖已有了淚光，聲音也還是很平靜！

「我並不十分難受，因爲他這一生已活夠，他的生命已有了價值，已死而無憾。」

他忽然問燕十三：「你是想默默的過一生，還是寧願像他那麼活三年？」

燕十三沒有回答，也不必回答。

——你是願意做流星？

還是願意做蠟燭？

——流星的光芒雖短暫，可是那種無比的輝煌和美麗，又豈是千萬根蠟燭所能比得上的？

大廳雖然燈火輝煌，燕十三卻寧願走入黑暗。

遠山間一片無邊無際的黑暗。

燕十三忽然道：「你剛才告訴我那些事，並不是因爲你已將我當作個死人。」

當然不是的。

三少爺已死了，他怎麼會死？

燕十三忽又回頭，面對著謝王孫，道：「你爲什麼告訴我那些事？」

謝王孫淡淡道：「因爲我知道你是來送死的！」

燕十三道：「你知道？」

謝王孫道：「我看得出你對曉峰的佩服和尊敬，你已自知絕無機會擊敗他。」

燕十三道：「但送死卻不是件値得尊敬的事！」

謝王孫道：「是的！」

他在笑，笑得卻已有些淒涼：「至少我就尊敬你，因爲我絕沒有這種勇氣，我只不過是個平凡的人，而且已老了……」

他的聲音愈來愈低，已低沉如嘆息。

秋風也低沉如嘆息。

就在這時，黑暗中忽然閃出了一個人，一柄劍！

一個人，一柄劍。人的動作矯健如鷹，劍的衝刺迅急如電。

這個人是在謝王孫背後出現，這柄劍直刺他的後心。

等到燕十三看見時，已來不及去替他抵擋了。

謝王孫自己卻彷佛完全沒有感覺到，只是嘆息著彎下腰，去拾起一片枯葉。

他的動作很緩慢。他去拾取這片枯葉，彷佛只不過是因爲心裡的感觸。

他的生命已如這片枯葉，已枯萎凋落，可是他恰巧避開了這閃電般的一劍。

在這一瞬間，劍光明明已刺在他的後心，卻偏偏恰巧刺空。這其間的間隔，只不過在一髮之間。

衝過來的人力量已完全使出，收勢已來不及，整個人卻從他背脊上翻了過來，手裡的劍就變成刺向他對面的燕十三。

這一劍的餘力仍在，仍有刺人於死的力量。

燕十三不能不反擊。他的劍已出鞘，劍光一閃。

這個人凌空翻身，落在七尺外，鐵青的臉上還帶著醉意。

「曹冰！」

燕十三失聲而呼，聲音中帶著三分驚訝，七分惋惜。

曹冰看著他，眼睛裡也充滿驚訝和恐懼，想開口說什麼，卻沒有說出來。

他的咽喉上忽然有一縷鮮血湧出，然後就倒了下去。

秋風仍在嘆息。

謝王孫慢慢的拾起了那片枯葉，靜靜的凝視著，彷彿還沒有發覺剛才的事。

就在這一瞬間，已有一個人的生命如枯葉般凋落了。木葉的生命雖短促，明年卻還會再生。

人呢？

謝王孫又慢慢的彎著腰，輕輕的將這片枯葉放在地上。燕十三一直在看著他，眼色中充滿了仰慕和尊敬。直到現在，他才發覺這老人才是真正深藏不露的高手。他的武功已到了化境，已完全爐火純青，已與偉大的自然渾爲一體。所以沒有人能看得出來。

——酷寒來臨的時候，你看不出它的力量，它卻已在無形中使水變成冰，使人凍死。

「我只不過是個平凡的人……」

他這種「平凡」又是從多麼不平凡中鍛鍊出來的？

世上又有幾個人能做到這「平凡」兩個字？

燕十三什麼都沒有說。現在他雖然已看出很多事，卻什麼話都沒有說，他久已學會沉默。

謝王孫也只淡淡的說了一句話：「夜已很深，你已該走了。」

燕十三道：「是的。」

十 劍在人在

所以他走了。

夜色更深，謝王孫慢慢的穿過黑暗的庭院，走上後院中的小樓。

小樓上燈火淒涼，一個衰老而憔悴的婦人，默默的坐在孤燈畔，彷彿在等待。

她等的是什麼人？

謝王孫看見她，目中立刻充滿憐惜，無論誰都應該能看得出他的情感。

他們是相依爲命的夫妻，已歷盡了人世間一切悲歡和苦難。

她忽然問：「阿吉還沒有回來？」

謝王孫默默的搖了搖頭。

她衰老疲倦的眼睛裡已有了淚光，聲音裡卻充滿了信心。

她說：「我知道他遲早一定會回來的，你說是不是？」

謝王孫道：「是的。」

一個人只要還有一點希望，生命就是可貴的。

希望永遠在人間。

夜色深沉。黑暗的湖水畔，只有一點燈光。

燈光是從一條快船的窗戶下透出來的，謝掌櫃正坐在燈下獨酌。

燕十三默默的走上船，默默的在他對面坐下，倒了杯酒。

謝掌櫃看見他，眼睛裡就有了笑意。

船離岸慢慢的駛入淒涼的夜色中，靜靜的湖水間。

燕十三已喝了三杯，忽然問道：「你知道我會回來？」

謝掌櫃笑了笑，道：「否則我爲何等你！」

燕十三抬起頭，盯著他，道：「你還知道什麼？」

謝掌櫃舉杯，道：「我還知道這酒很不錯，不妨多喝一點。」

燕十三也笑了，道：「有理。」

輕舟已在湖心。

謝掌櫃彷彿已有了酒意，忽然問道：「你看見了那柄劍？」

燕十三點點頭。

謝掌櫃道：「只要那柄劍仍在，神劍山莊就永遠存在。」

他輕輕嘆了口氣，慢慢的接著道：「就算人已不在了，劍卻是永遠存在的。」

燕十三掌中也有劍。他正在凝視自己掌中的劍，忽然走了出去，走出船艙，走上船頭。

湖上一片黑暗。他忽然拔出了他的劍，在船上刻了個「十」字，然後他就將這柄已跟隨他二十年，已殺人無算的劍投入了湖心。

一陣水花濺過，湖水又歸於平靜。劍卻已消沉。

謝掌櫃吃驚的看著他，忍不住問道：「你爲什麼不要這柄劍？」

燕十三道：「也許我還會要的，那時我當再來。」

謝掌櫃道：「所以你在船頭刻了個『十』字，留做標誌？」

燕十三道：「這就叫刻舟求劍。」

謝掌櫃道：「你知道這是件多麼愚蠢的事？」

燕十三道：「我知道！」

謝掌櫃道：「既然知道，爲什麼要做？」

燕十三笑了笑，道：「因爲我忽然發覺，一個人的一生中，多多少少總應該做幾件愚蠢的事，何況……」

他的笑容中帶著深意：「有些事做得究竟是愚蠢？還是明智？常常是誰都沒法子判斷的。」

靜靜的湖水，靜靜的夜色，人仍在，名劍卻已消沉。

人仍在，可是人在何處？

今宵酒醒何處？

楊柳岸，曉風殘月。

秋殘，冬至，酷寒。

冷風如刀，大地荒漠，蒼天無情。

浪子已無淚。

阿吉迎著撲面的冷風，拉緊單薄的衣襟，從韓家巷走出來。他根本無處可去。

他身上已只剩下二十三個銅錢。可是他一定要離開這地方，離開那些總算以善意對待過他的人。

他沒有流淚。

浪子已無淚，只有血，現在連血都已幾乎冷透。

韓家巷最有名的人是韓大奶奶，韓大奶奶在韓家樓。

韓家樓是個妓院。他第一次看見韓大奶奶，是在一張寒冷而潮濕的床鋪上。冷硬的木板床上到處是他嘔吐過的痕跡，又髒又臭。

他自己的情況也不比這張床好多少。他已大醉了五天，醒來時只覺得喉乾舌燥，頭痛如裂。

韓大奶奶正用手叉著腰，站在床前看著他。

她身高七尺以上，腰圍粗如水缸，粗短的手指上戴滿了黃金和翡翠戒指，圓臉上的皮膚繃緊，使得她看來比實際年齡要年輕些，心情好的時候，眼睛裡偶爾會露出孩子般的調皮笑意。現在她的眼睛裡連一點笑意都沒有。

阿吉用力揉了揉眼，再睜開，好像想看清站在他床前的究竟是個男人，還是個女人。

像這樣的女人確實不是時常都能見得到的。

阿吉掙扎著想坐起來，宿醉立刻尖針般刺入了他的骨髓。

他嘆了口氣，喃喃道：「這兩天我一定喝得像是條醉貓。」

韓大奶奶道：「不像醉貓，像死狗。」

她冷冷的看著他：「你已經整整醉了五天。」

阿吉用力按住自己的頭，拚命想從記憶中找出這五天幹了些什麼事，可是他立刻就放棄了。

他的記憶中完全是一片空白。

韓大奶奶道：「你是從外地來的？」

阿吉點點頭。

不錯，他是從外地來的，遙遠的外地，遠得已令他完全不復記憶。

韓大奶奶道：「你有錢？」

阿吉搖搖頭。這一點他還記得，他最後的一小錠銀子也已用來買酒。可是那一次他酒醉何處？

他也忘了。

韓大奶奶道：「我也知道你沒有，我們已將你全身上下都搜過，你簡直比條死狗還窮！」

我？」

阿吉閉上了眼。他還想睡。

他骨髓中的酒意已使他的精力完全消失，他只想知道：「你是不是還有什麼話要問

韓大奶奶道：「只有一句。」

阿吉道：「我在聽。」

韓大奶奶道：「沒有錢的人，用什麼來付賬？」

阿吉道：「付賬？」

韓大奶奶道：「這五天來，你已欠下這裡七十九兩銀子的酒賬。」

阿吉深深吸了口氣，道：「那不多。」

韓大奶奶道：「可惜你連一兩都沒有。」

她冷冷的接著道：「沒錢付賬的人，我們這裡通常只有兩種法子對付。」

阿吉在聽。

韓大奶奶道：「你是想被人打斷一條腿，還是三根肋骨？」

阿吉道：「隨便。」

韓大奶奶道：「你不在乎？」

阿吉道：「我只想請你們快點動手，打完了好讓我走。」

韓大奶奶看著他，眼睛裡已有了好奇之意。這個年輕人究竟是什麼人？

爲什麼會變得如此消沉落拓？他心裡是不是有什麼解不開的結？忘不了的傷心往事？

韓大奶奶忍不住問道：「你急著要走，想到哪裡去？」

阿吉道：「不知道。」

韓大奶奶道：「連你自己都不知？」

阿吉道：「走到哪裡，就算哪裡。」

韓大奶奶又盯著他看了很久，忽然道：「你還年輕，還有力氣，爲什麼不做工來還債？」

她的眼色漸漸柔和：「我這裡剛好有個差事給你做，五分銀子一天，你肯不肯幹？」

阿吉道：「隨便。」

韓大奶奶道：「你也不問這裡是什麼地方？要你幹的是什麼事？」

阿吉道：「隨便什麼事我都幹。」

韓大奶奶笑了，用力拍了拍他的肩：「先到後面廚房去倒盆熱水洗洗你自己，現在你看起來像條死狗，嗅起來卻像條死魚。」

她眼睛裡也露出笑意。

「在我這裡做事的，就算不是人，看起來都得像個人樣子。」

廚房裡充滿了白飯和肉湯的香氣，任何人從小院的寒風中走進來，都會覺得溫暖舒服。

在廚房裡做事的是對夫婦，男的高大粗壯，卻啞得像是塊木頭，女的又瘦又小，卻兇得像是把錐子。除了他們夫婦外，廚房裡還有五個人。

五個衣衫不整，頭髮凌亂的女人，臉上還殘留著昨夜的脂粉，和一種說不出的厭惡疲倦。她們的年齡大約是從二十到三十五，年紀最大的一個乳房隆起如瓜，一雙腫眼中充滿了墮落罪惡的肉慾。

後來阿吉才知道她就是這些姑娘們的大姐，客人們都喜歡叫她做「大象」。

年紀最輕的一個看來還是個孩子，腰肢纖細，胸部平坦，但卻也是生意最好的一個——

這是不是因為男人們都有種野獸般殘忍的慾望？

看見阿吉走進來，她們都顯得好奇而驚訝，幸好韓大奶奶也跟著來了。姑娘們立刻都垂下頭。

韓大奶奶道：「有很多事只有男人才能做，我們這裡的男人不是木頭，就是龜公，現在我總算找到個比較像人的。」

她又在用力拍阿吉的肩：「告訴這些母狗，你叫什麼？」

阿吉道：「我叫阿吉。」

韓大奶奶道：「你沒有姓？」

阿吉道：「我叫阿吉。」

韓大奶奶用力敲了敲他的頭，大笑道：「這小子雖然沒有姓，卻有樣好處。」

她笑得很愉快：「他不多嘴。」

嘴是用來吃飯喝酒的，不是用來多話的。阿吉從不多嘴。

他默默的倒了盆熱水，蹲下來洗臉，忽然間一隻腳伸過來，踢翻了他的盆。

一隻很肥的腳，穿著紅緞子的繡花鞋。

阿吉站起來，看著那張皮膚繃緊的圓臉。他聽得見女人們都在吃吃的笑，可是聲音卻彷彿很遙遠。

他也聽見大象在大聲說：「你把我的腳打濕了，快擦乾。」

阿吉什麼話都沒有說。他默默的蹲下來，用啞巴給他的洗腳布，擦乾了她的肥腳。

大象也笑了：「你是個乖孩子，晚上我房裡若是沒有客人，你可以偷偷溜進去，我免費。」

阿吉道：「我不敢。」

大象道：「你連這點膽子都沒有？」

阿吉道：「我是個沒用的男人，我需要這份差事來賺錢還債。」

於是他從此就多了個外號，叫「沒用的阿吉」，可是他自己一點都不在乎。

華燈初上時，女人們就換上了發亮的花格子衣服，臉上也抹了濃濃的脂粉。

「沒用的阿吉，快替客人倒茶。」

「沒用的阿吉，到街上去打幾斤酒來。」

一直要等到深夜，他才能躲到廚房的角落裡去休息片刻。

這時啞巴總會滿滿的裝了一大碗蓋紅燒肉的白飯，看著他吃，眼睛裡總是帶著同情之色。

阿吉卻從來不去看他。有些人好像從來都不願對別人表示感激，阿吉就是這種人。

因爲他既沒膽子，也沒有用。直到那一天有兩個帶著刀的小夥子想白吃白嫖時，大家才發現他原來還有另一面，他不怕痛。

帶著刀的小夥子想揚長而去時，居然只有這個沒用的阿吉攔住了他們。

小夥子們冷笑：「你想死？」

阿吉道：「我不想死，也不想被餓死，你們若是不付賬就走了，就等於敲破了我的飯碗。」

這句話剛說完，兩把刀就刺入了他身子，他連動都沒有動，連眉頭都沒有皺，就這麼樣站在那裡，挨了七八刀。

小夥子們吃驚的看著他，忽然乖乖的拿錢出來付了賬。

大家都在吃驚的看著他，都想過來扶住他，他卻一聲不響的走了，直到走回後院的小屋後，才倒了下來，倒在又冷又硬的床上，咬著牙，流著冷汗在床上打滾。

他並不想要別人將他看成英雄，也不想讓別人看見他的痛苦。

可是小屋的門布已被人悄悄推開了，一個人悄悄走進來，反手掩住了門，靠在門上，看著他，目光充滿憐惜。

她有雙很大的眼睛，還有雙很纖巧的手。她叫小麗，客人們都喜歡叫她「小妖精」，她正在用她的小手替他擦汗。

「你爲什麼要這樣做？」

「因爲這本是我應該做的事。」

他的回答很簡單：「我需要這份差事。」

「可是你還年輕，還有很多別的事可以去做。」

她顯得關切而同情。

阿吉卻連看都沒有看她，冷冷道：「你也有你的事要做，你爲什麼不去？」

小麗還是不肯放過，又道：「我知道你心裡一定有很多傷心事。」

阿吉道：「我沒有。」

小麗道：「以前一定有個女人傷了你的心。」

阿吉道：「你見了鬼。」

小麗道：「若你沒有傷心過，你怎麼會變成現在這樣子？」

阿吉道：「因爲我懶，而且是個酒鬼。」

小麗道：「你也好色？」

阿吉沒有否認，他懶得否認。

小麗道：「可是現在你已很久沒有碰過女人，我知道……」她的聲音忽然變得奇怪而溫柔，忽然拉起他的手，按在她小腹上。

她薄綢衣服下的胴體，竟是完全赤裸的，他立刻可以感覺到她小腹中的熱力。

看著他的刀傷血痕，她的眼睛在發光。

「我知道你受的傷不輕，可是只要你跟我……我保證一定會將痛苦忘記。」

她一面說，一面拉著他的手，撫遍她全身。她平坦的胸膛上乳房小而結實。

阿吉的回答只有一個字：「滾！」一個字再加一耳光。

她仰面倒下，臉上卻露出勝利的表情，好像正希望他這樣做。

「你真壯。」

她說。

阿吉閉著嘴，他身上的刀傷如火焰灼燒般痛苦，他心裡也彷彿有股火焰。

他一定要盡力控制自己。

可是她也像是已下定決心，絕不放過他，忽然用一隻手拉住他的腿，另一隻手掀起衣衫的下襬。

她低聲呻吟，腰肢扭動。她已潮濕。

就在這時，一隻手伸過來，抓住了她頭髮，將她的人揪了出去。

肥胖粗壯的手上，戴滿了各式各樣的戒指。

韓大奶奶走進來時就已醉了，但是手裡還提著酒。

「那條小母狗天生是個婊子。」

她用醉眼看著阿吉：「她喜歡男人揍她，揍得愈重，她愈高興。」

阿吉閉上了眼睛。他忽然發現這個半老的肥胖女人，眼睛裡也帶著小麗同樣的慾望。他不忍再看。

「來，喝一杯，我知道酒蟲一定已經在你咽喉裡發癢。」

她吃吃的笑著，把酒瓶塞進他的嘴。

「今天你替我做了件好事，我要好好的犒賞犒賞你。」

阿吉沒有動，沒有反應。

韓大奶奶皺起眉：「難道你真是個沒用的男人？」

阿吉道：「我是的。」

等到阿吉睜開眼時，韓大奶奶已走了，臨走時還在床頭留下錠銀子。

「這是你應該賺的，不管誰挨了七八刀，都不能白挨。」

她畢竟已不再是個小姑娘。

「剛才的事，我知道你一定會忘記。」

阿吉聽到她的腳步聲走出門，就開始嘔吐。這種事他忘不了。

等到嘔吐停止，他就走出去，將銀子留在啞巴的飯鍋裡，迎著冷風，走出了韓家巷，他知道自己已不能再留下去。

十一 落魄浪子

凌晨。

茶館裡已擠滿了人，各式各樣的人，在等待著各式各樣的工作。

阿吉用兩隻手捧著碗熱茶在喝。

這裡有湯包和油炸兒，他很餓，可是他只能喝茶。他只有二十三個銅錢，他希望有份工可做。

他想活下去。

近來他才知道，一個人要活著並不是件容易事。謀生的艱苦，更不是他以前所能想像得到的，一個人要出賣自己誠實和勞力，也得要有路子。

而他沒有路了。

泥水匠有自己的一幫人，木匠有自己的一幫人，甚至連挑夫苦力都有自己的一幫人，不是他們自己幫裡的人，休想找到工作。

他餓了兩天。第三天他已連七枚銅板的茶錢都沒有了，只能站在茶館外喝風。

他已經快倒下去時，忽然有個人來拍他的肩，問他：「挑糞你幹不幹？五分錢一天。」

阿吉看著這個人，連一個字都說不出，因爲他的喉嚨已被塞住。

他只能點頭，不停的點頭。直到很久很久之後，他才能說出他此時此刻心裡的感激。

那是真心的感激。因爲這個人給的，並不僅是一份挑糞的差使，而是一個生存的機會。他總算已能活下去。

這個人叫老苗子。

老苗子真是個苗子。

他高大、強壯、醜陋、結實，笑的時候就露出滿口白牙。他的左耳垂得很長，上面還有戴過耳環的痕跡。

他一直在注意著阿吉。

中午休息時，他忽然問：「你已餓了幾天？」

阿吉反問：「你看得出我挨餓？」

老苗子道：「今天你已幾乎摔倒三次。」

阿吉看著自己的腳，腳上還有糞汁。

老苗子道：「這是份很吃力的工作，我本就在擔心你挨不下去。」

阿吉道：「你爲什麼要找我？」

老苗子道：「因爲我剛來的時候也跟你一樣，連挑糞的工作都找不到。」

他從身上拿出個紙包，裡面有兩張烙餅，一整條鹹蘿蔔。

他分了一個給阿吉。

阿吉接過來就吃，甚至連「謝」字都沒有說。

老苗子看著他，眼睛裡露出笑意，忽然問道：「今天晚上你準備睡在哪裡？」

阿吉道：「不知道。」

老苗子道：「我有家，我家的房子很大，你爲什麼不睡到我家裡去？」

阿吉道：「你叫我去，我就去。」

老苗子的大房子的確不算小，至少總比鴿子籠大一點。他們回去時，一個白髮蒼蒼的老婦人正在廚房裡煮飯。

老苗子道：「這是我的娘，會煮一手好菜。」

阿吉看著鍋裡用菜和糙米煮成的濃粥，道：「我已嗅到了香氣。」

老婆婆笑了，滿滿的替他添了一大碗，阿吉接過來就吃，也沒有說「謝」字。

老苗子眼中露出滿意之色，道：「他叫阿吉，他是個好小子。」

老婆婆用木杓敲了敲她兒子，道：「我若看不出，我會讓他吃？」

老苗子道：「今天晚上能讓他跟我們睡在一起？」

老婆婆瞇著眼看著阿吉，道：「你肯跟我兒子睡一張床？你不嫌他？」

阿吉道：「他不臭。」

老婆婆道：「你是漢人，漢人總認爲我們苗子臭得要命。」

阿吉道：「我是漢人，我比他還臭。」

老婆婆大笑，也用木杓敲了敲他的頭，就好像敲她兒子的頭一樣。

她大笑道：「快吃，趁熱吃，吃飽了就上床去睡，明天才有力氣。」

阿吉已經在吃，吃得很快。

老婆婆又道：「只不過上床前你還得先做一件事。」

阿吉道：「什麼事？」

老婆婆道：「先把你的腳洗乾淨，否則娃娃會生氣的。」

阿吉道：「娃娃是誰？」

老婆婆道：「是我的女兒，他的妹妹。」

老苗子道：「可是她本來應該是個公主的，她一生下來就應該是個公主。」

後面屋子裡有三張床，其中最乾淨柔軟的一張當然是公主的。

阿吉也很想見見這位公主。可是他太疲倦，滾燙的菜粥喝下去後，更使他眼皮重如鉛塊。

和老苗子這麼樣一個大男人，擠在一張床上雖然很不舒服，他卻很快就已睡著。

半夜他驚醒過一次，朦朧中彷彿有個頭髮很長的女孩子站在窗口發呆，等到他再看時，她已鑽進了被窩。

第二天早他們去上工時她還在睡，整個人都縮在被窩裡，彷彿在逃避著一種不可知的恐懼。

阿吉只看見她一頭烏黑柔軟的長髮絲綢般鋪在枕頭上。

天還沒有亮，寒霧還深。

他們迎著冷風前行，老苗子忽然問：「你看見了娃娃？」

阿吉搖搖頭。

他只看見了她的頭髮。

老苗子道：「她在一家很大的公館裡幫忙做事，要等人家都睡著了才能回來。」

他微笑著，又道：「有錢的人家，總是睡得比較晚的。」

阿吉道：「我知道。」

老苗子道：「可是你遲早一定會見到她。」

他眼睛裡閃動著驕傲之光：「只要你見到她，一定會喜歡她，我們都以她爲榮。」

阿吉看得出這一點，他相信這女孩子一定是個不折不扣的公主。

中午休息時他正在啃著老婆婆塞給他的大饅頭，忽然有三個人走過來，衣衫雖襤褸，帽子卻是歪戴著的，腰帶上還插著把小刀。

他身上的刀創還沒有收口，還在發痛。

三個人之中年紀比較大的一個，正在用一雙三角眼上下打量著他，忽然伸出手，道：「拿來。」

阿吉道：「拿什麼？」

三角眼道：「你雖然是新來的，也該懂得這地方的規矩。」

阿吉不懂：「什麼規矩？」

三角眼道：「你拿的工錢，我分三成，先收一個月的。」
阿吉道：「我只有三個銅錢。」
三角眼冷笑道：「只有三個銅錢，卻在吃白麵饅頭？」
他一巴掌打落了阿吉手裡的饅頭，饅頭滾到地上的糞汁裡。
阿吉默默的撿起來，剝去了外面的一層。
他一定要吃下這個饅頭，空著肚子，哪來的力氣挑糞？
三角眼大笑，道：「饅頭蘸糞汁，不知道是什麼滋味？」
阿吉不開口。
三角眼道：「這種東西你也吃？你究竟是人還是狗？」
阿吉道：「你說我是什麼？我就是什麼。」
他咬了口饅頭：「我只有三個銅錢，你要，我也給你。」
三角眼道：「你知道我是誰？」
阿吉搖頭。
三角眼道：「你有沒有聽說過車伕這名字？」
阿吉又搖頭。
三角眼道：「車伕是跟著鐵頭大哥的，鐵頭大哥就是大老闆的小兄弟。」

他指著自己的鼻子：「我就是車伕的小兄弟，我會要你的三個臭銅錢？」

阿吉道：「你不要，我留下。」

三角眼大笑，忽然一腳踢在他的陰囊上。

阿吉痛得彎下腰。

三角眼道：「不給這小子一點苦頭吃吃，他也不知道天高地厚。」

三個人都準備動手，忽然有個人闖進來，擋在他們面前，整整比他們高出一個頭。

三角眼後退了半步，大聲道：「老苗子，你少管閒事。」

老苗子道：「這不是閒事。」

他拉起阿吉：「這個人是我的兄弟。」

三角眼看著他巨大粗糙的手，忽又笑了笑，道：「既然是你的兄弟，你能不能保證他一拿到工錢就付給我們？」

老苗子道：「他會付的。」

黃昏時他們帶著滿身疲勞和臭味回家，阿吉臉上還帶著冷汗，那一腳踢得實在不輕。

老苗子看著他，忽然問道：「別人打你時，你從來都不還手？」

阿吉沉默著，過了很久，才緩緩道：「我曾經在一家妓院裡做過事，那裡的人，替我起了個外號。」

老苗子道：「什麼外號？」

阿吉道：「他們都叫我沒用的阿吉。」

廚房裡溫暖乾燥，他們走到門外，就聽見老婆婆愉快的聲音。

「今天我們的公主回家吃飯，我們大家都有肉吃。」

她笑得像是個孩子：「每個人都可以分到一塊，好大好大的一塊。」

老婆婆的笑聲總是能令阿吉從心底覺得愉快溫暖，但這一次卻是例外。因爲他看見了公主。

狹小的廚房裡，放不下很多張椅子，大家吃飯的時候，都坐得很擠，卻總有一張椅子空著。那就是他們特地爲公主留下的，現在她就坐在這張椅子上，面對著阿吉。

她有雙大大的眼睛，還有雙纖巧的手，她的頭髮烏黑柔軟如絲緞，態度高貴而溫柔，看來就像是一位真的公主。如果這是阿吉第一次看見她，一定也會像別人一樣對她尊敬寵愛。

可惜這已不是第一次。

他第一次看見她，是在韓大奶奶的廚房裡，也就在大象身旁，把一雙腿高高蹺在桌上，露出一雙纖巧的腳。他連看都沒有看她一眼，她卻一直都在偷偷的注意著他。後來他知道，她就是韓大奶奶手下的女人中，最年輕的一個，也是生意最好的一個。

她在那裡的名字叫「小麗」，可是別人卻都喜歡叫她小妖精。

第二次他面對她，就是他挨刀的那天晚上，在他的小屋裡。

他一直都不能忘記她薄綢衣服下光滑柔軟的胴體。

他費了很大力氣控制住自己，才能說出那個字。

「滾」。

他本來以為，那已是他們之間最後一次見面，想不到現在居然又見到了她。

那個放蕩而變態的小妖精，居然就是他們的娃娃，高貴如公主，而且是他們全家唯一的希望。

他們都是他的朋友，給他吃，給他住，將他當做自己的兄弟手足。

阿吉垂下頭。他的心裡在刺痛，一直痛入骨髓裡。

老婆婆已過來拉住他的手，笑道：「快過來見見我們的公主。」

阿吉只有走過來，囁嚅著說出兩個字：「你好。」

她看著他，臉上一點表情都沒有，就好像從未見過他這個人，只淡淡的說了句：「坐下來吃肉。」

阿吉坐下來，好像聽見自己的聲音正說：「謝謝公主。」

老苗子大笑，道：「你不必叫她公主，你應該像我們一樣，叫她娃娃。」

他挑了塊最厚最大的滷肉給阿吉：「快點吃肉，吃飽了才睡得好。」

阿吉睡不好。

夜已很深，睡在他旁邊的老苗子已鼾聲如雷，再過去那張床上的娃娃彷彿也已睡著。

可是阿吉卻一直睜著眼躺在床上，淌著冷汗。這並不完全是因爲他心裡的隱痛，他身上的刀傷也在發痛，痛得要命。

挑糞絕不是份輕鬆的工作，他的刀傷一直都沒有收口。他卻連看都沒有去看過，有時糞擔挑在他肩上時，他甚至可以感覺到刀口又在崩裂，可是他一直都咬緊牙關挺了下去。

肉體上的痛苦，他根本不在乎。

只可惜他畢竟不是鐵打的，今天下午，他已經發現有幾處傷口已開始腐爛發臭。一躺上床，他就開始全身發冷，不停的流著冷汗，然後身子忽又變得火燙。

每一處傷口裡，都有火焰在燃燒著。

他還想勉強控制著自己，勉強忍受，可是他的身子已痛苦而痙攣，只覺得整個人都在往下沉，沉入無底的黑暗深淵。昏迷中他彷彿聽見了他的朋友們正在驚呼，他已聽不清了。遠方也彷彿有個人在呼喚他，呼喚他的名字，那麼輕柔，那麼遙遠。他卻聽得很清楚。

一個落拓潦倒的年輕人，一個連淚都已流盡了的浪子，就像風中的落葉，水中的浮萍一樣，連根都沒有，難道遠方還會有人在思念著他，關心著他？

他既然能聽得見那個人的呼喚，爲什麼還不回去，回到那個人的身邊？他心裡究竟有什麼悲傷苦痛，不能向人訴說？

陽光艷麗，是晴天。

阿吉並不是一直都在昏迷著，他曾經醒來過很多次，每次醒來時，都彷彿看見有個人坐在他床頭，正輕輕的替他擦著汗。他看不清楚，因爲他立刻又暈了過去。

等他看清這個人時，從窗外照進來的陽光，正照在她烏黑的柔髮上。

她的眼睛裡充滿了關懷和悲傷。

阿吉閉上了眼。可是他聽得見她的聲音：「我知道你看不起我，我不怪你。」

她居然顯得很鎮定，因爲她也在勉強控制著自己。

「我也知道你心裡一定有很多說不出的痛苦，可是你也不必這麼樣拚命折磨自己。」

房子裡很靜，聽不見別人的聲音，老苗子當然已經去上工了。

他絕不能放棄一天工作，因爲他知道有工作，才有飯吃。

阿吉忽然張開眼，瞪著她，冷冷道：「你也應該知道我死不了。」

娃娃知道：「如果你要死，一定已經死了很多次。」

阿吉道：「那麼你爲什麼不去做你的事？」

娃娃道：「我不去了。」

她的聲音很平靜，淡淡的接著道：「從此以後，我都不會再到那個地方去了。」

阿吉忍不住問：「爲什麼？」

娃娃忽然冷笑，道：「難道你以爲我天生就喜歡做那種事？」

阿吉盯著她，彷彿很想看透她的心：「你什麼時候決定不去的？」

娃娃道：「今天。」

十二 情深似海

阿吉閉上了嘴，心裡又開始刺痛。

——沒有人天生願意做那種事，可是每個人都要生活，都要吃飯。

——她是他母親和哥哥心目中唯一的希望，她要讓他們有肉吃。

——她不能讓他們失望。

——她的放蕩和下賤，豈非也正因爲她心裡有說不出的苦痛，所以在拚命折磨自己，作踐自己？

——可是現在她卻已決心不去了，因爲她不願再讓他看不起她。

阿吉若是還有淚，現在很可能已流了下來，但他只不過是個浪子。浪子無情，也無淚。

所以他一定要走，一定要離開這裡，就算爬，也得爬出。

因爲他已知道她對他的感情，他既不能接受，也不願傷她的心。

這家人不但給了他生存的機會，也給了他從來未有的溫暖和親情，他絕不能再讓他們傷心。

娃娃看著他，彷彿已看透了他的心：「你是不是又想走了？」

阿吉沒有回答，卻揮著手站起來，用盡全身力氣站起來，大步走出去。

娃娃並沒有阻攔他，她知道這個人身子雖不是鐵打的，卻有股鋼鐵般的意志和決心。

她連站都沒有站起來，可是眼睛裡已有淚光。

阿吉也沒有回頭。他的體力絕對無法支持他走遠，他的傷口又開始發痛。但是他不能不走，就算一走出去就倒在陰溝裡，像條死老鼠般爛死，他也不在乎。

想不到他還沒有走出門，老婆婆就已提著菜籃回來，慈祥的眼睛裡帶著三分責備，道：「你不該起來的，我特地去替你買了點肉燉湯，吃得好才有力氣，快回去躺在床上等著吃。」

阿吉閉上了眼。

——浪子真的無情，真的無淚？

他忽又用盡全身力氣，從老婆婆身旁衝出了門。有些事既無法解釋，又何必解釋？

窄巷中陰暗而潮濕，連陽光都照不到這裡。

他咬緊牙根，忍耐著痛苦，迎風走出去，巷口卻已有個人踉踉蹌蹌的衝了進來。

一個血淋淋的人，身上的衣衫已被鮮血染紅，臉上的骨頭已碎裂。

「老苗子。」

阿吉失聲驚呼，衝了過去，老苗子也衝了過來，兩個人互相擁抱。

老苗子道：「你的傷還沒有好，出來幹什麼？」

他自己的傷更重，但是他並不在乎，他關心的還是他的朋友。

阿吉咬緊牙，道：「我……我……」

老苗子道：「難道你想走？」

阿吉用力抱住他的朋友，道：「我不走，打死我我也不走！」

五處刀傷，四條打斷了的肋骨，若不是鐵漢，怎麼還能支持得住？

老婆婆看著他的兒子，淚眼婆娑。

老苗子卻還在笑，大聲道：「這一點點傷算得了什麼？明天早上就會好的！」

老婆婆道：「你怎麼受的傷？」

老苗子道：「我跌了一跤，從樓梯上跌了下來。」

就算是個連招牌上的大字都已看不清的老太婆，也應該看得出這絕不是跌傷的。

就算從七八丈高的樓梯上跌下來，也絕不會傷得這麼重。

可是這個老太婆和別的老太婆不同。她看得出這絕不是跌傷的，她比任何人都關心她的兒子。

可是她絕不再問，只流著淚說了句：「下次走樓梯時，千萬要小心些。」然後她就蹣跚著走出去，煮她的肉湯。

這才是一個女人的本分應該做的，她懂得男人做事，從來不喜歡女人多問。就算這女人是他的母親也一樣。

阿吉看著她佝僂的背影，眼睛裡縱然仍無淚，至少也已有點發紅。

——多麼偉大的母親，多麼偉大的女人，因為人世間還有這種女人，所以人類才能永存。

等她走進了廚房的門，阿吉才回頭盯著老苗子，道：「你是被誰打傷的？」

老苗子又在笑：「誰打傷了我？誰敢打我？」

阿吉道：「我知道你不肯告訴我，難道你一定要我自己去問？」

老苗子的笑容僵硬，板著臉道：「就算我是被人打傷的，也是我自己的事，用不著你去問。」

一直遠遠站在窗口的娃娃道：「因爲他怕你也去挨揍。」

阿吉道：「我……」

娃娃打斷了他的話，冷笑道：「其實他根本用不著顧慮這一點，就算他是爲你挨的揍，你也絕不會去替他出氣的。」

她冷冷的接著道：「因爲這位沒有用的阿吉，從來不喜歡打架。」

阿吉的心沉下，頭也垂下。

現在他當然已明白他朋友是爲了什麼挨揍的，他並沒有忘記那雙兇惡的三角眼。

他也並不是不知道，娃娃說的話雖然尖銳如針，話中卻有淚。可是他不能爲他的朋友出氣，不能去打架，他也不敢。

他恨自己，恨得要命。

就在這時候，他聽見了一個人冷冷道：「他不是不喜歡打架，他是怕挨揍。」

這是三角眼的聲音。

來的還不止他一個人，兩個腰裡帶著刀的年輕小夥子陪著他，一個臉很長，腿也很長的人，手叉著腰，站在他們後面，穿著身發亮的緞子衣服。

三角眼伸起一根大拇指，指了指後面的這個人，道：「這位就是我們的老大『車伕』，這兩個字就算拿到當舖去當，也可以當個幾百兩銀子。」

老苗子臉上的肌肉在抽搐，道：「你們到這裡來幹什麼？」

三角眼陰森森的笑，道：「你放心，光棍打九九，不打加一，這次我們不是來找你麻煩的。」

他走過來拍了拍阿吉的頭，道：「這個小子是個雜種，大爺們也犯不上來找他。」

老苗子道：「你們來找誰？」

三角眼道：「找你的親妹子。」

他忽然轉身，盯著娃娃，三角眼裡閃著兇光：「小妹子，咱們走吧。」

娃娃的臉色已變了：「你……你們要我到哪裡去？」

三角眼冷笑道：「該到哪裡去，就得到哪裡去，你少他媽的跟老子們裝蒜。」

娃娃身子在往後縮，道：「難道我連一天都不能休息？」

三角眼道：「你是韓大奶奶跟前的大紅人，少做一天生意，就得少多少兩銀子？沒有銀子賺，咱們兄弟吃什麼？」

娃娃道：「可是韓大奶奶答應過我的，她……」

三角眼道：「她答應過的話，只能算放了個屁，若不是咱們兄弟，她到今天也只不過還是個婊子，老婊子。做一天婊子，就得賣一天……」

娃娃不讓他最後一個字說出來，大聲道：「我求求你們，這兩天你們能不能放過我，他們都受了傷，傷得都不輕。」

三角眼道：「他們？他們是誰？就算有一個是你的老哥，還有一個是什麼東西？」

兩個帶刀的小夥子立刻搶著道：「我們認得這小子，他在韓大奶奶那裡當過龜公，一定跟這小婊子有點關係。」

三角眼道：「好，好極了。」

他忽然轉身，反手一巴掌摑在阿吉臉上。

「想不到你這婊子還有這小子，你再不乖乖的跟著咱們走就先閹了他。」

他又抬起腳，一腳從阿吉雙腿間踢了過去。

可是娃娃已撲過來，撲倒阿吉身上，嘶聲道：「我死也不會跟你們走的，你們先殺了我吧。」

三角眼厲聲道：「臭婊子，你真的想死？」

這一次他還沒有抬起腳，老苗子已拉住他肩膀，道：「你說她是什麼？」

三角眼道：「是個婊子，臭婊子。」

滾。

老苗子什麼話都不再說，就提起碗大的拳頭，一拳打了過去。

三角眼挨了他一拳，可是他自己也被旁邊的人踢了兩腳，疼得滿頭冷汗，滿地打

老婆婆從廚房裡衝出來，手裡拿著把菜刀，嘶聲道：「你們這些強盜，我老太婆跟你們拚了。」

這一刀是往三角眼脖子後面砍過去的。

她當然沒砍中。

她的刀已經被三角眼一把奪過來，她的人也被三角眼甩在地上。

娃娃撲過去抱住她，立刻失聲痛哭。一個嚐盡了辛酸窮苦，本就已風燭殘年的老人，怎麼禁得起這一甩？

三角眼冷冷道：「這是她自己找死……」

「死」說出口，老苗子已狂吼著，踉蹌撲上來。他已遍體鱗傷，連站都已站不穩，但是他還可以拚命！

他本就已準備拚命。

三角眼厲聲道：「你也想找死？」

他手裡還拿著那把剛奪過來的菜刀，只要是刀，就能殺人。

他不怕殺人，順手就是一刀，往老苗子胸膛上砍了過去。

老苗子的眼睛已紅了，根本不想閃避，這一刀偏偏卻砍空了。

刀鋒剛落下，老苗子已經被推開，被阿吉推開。

阿吉自己也沒法子站得很穩，但是他居然敢站了出來，就站在三角眼面前，面對著三角眼的刀，道：「你……你們太欺負人了，太欺負人了……」

他的聲音嘶啞，連話都已說不出。

三角眼冷笑道：「你想怎麼樣？難道還想替他們報仇？」

阿吉道：「我……我……」

三角眼道：「只要你有膽子，就拿這把菜刀殺了我吧。」

他居然真的將菜刀遞了過去：「只要你有膽子殺人，我就服了你，算你有種！」

阿吉沒有接過這把刀。

他的手在抖，全身都在抖，不停的抖。

三角眼大笑，一把揪住娃娃的頭髮，厲聲道：「走！」

娃娃沒有跟他走。他的手忽然被另一隻握住，一雙堅強有力的手，他只覺得自己幾乎被握碎。

這隻手竟是阿吉的手。

三角眼抬起眼，吃驚的看著他，道：「你……你敢動我？」

阿吉道：「我不敢，我沒有種，我不敢殺人，也不想殺人。」

他的手又慢慢鬆開。

三角眼立刻狂吼，道：「那麼我就殺了你！」

他順手又是一刀劈向阿吉的咽喉。

阿吉連動都沒有動，更沒有閃避，只不過輕輕揮拳，一拳擊出。

三角眼本來是先出手的，可是這一刀還沒有砍下去，阿吉的拳頭已打在他下巴上。

他這個人忽然就飛了出去，「砰」的一聲，撞破了窗戶，遠遠的飛了出去，又「咚」的一聲，撞在矮牆上，才落下來。他整個人都已軟癱，就像是一灘泥！

每個人都怔住，吃驚的看著阿吉。阿吉沒有看他們，一雙眼睛空空洞洞的，彷彿完全沒有表情，又彷彿充滿了痛苦。

一直手叉著腰站在門口的車伕忽然跳起來，大喝道：「掛了他！」

這是句市井好漢們說的「唇典」，意思就是要人殺了他！

帶刀的小夥子遲疑著，終於還是拔出了刀。這兩把刀曾經在阿吉身上刺了八刀，現在又同時往他脅下的要害刺過去。可是這一次都刺空了。

兩個年輕力壯的小夥子忽然倒了下去，也像是一灘泥般倒了下去。

因爲阿吉的雙手一切，就切在他們的咽喉上，他們倒下去時，連叫都叫不出來。

車伕的臉色慘變，一步步向後退。

阿吉連看都沒有看他一眼，只淡淡的說了兩個字：「站住。」

車伕居然很聽話，居然真的站住。

阿吉道：「我本來不想殺人的，你們爲什麼一定要逼我？」

他垂著頭，看著自己的一雙手，眼睛裡充滿了悲傷和痛苦。因爲這雙手上，現在又已染上了血腥。

車伕忽然挺起胸，大聲道：「你就算殺了我，你自己也休想走得了！」

阿吉道：「我絕不走。」

他臉上的表情更痛苦，一字字接著道：「因爲我已無路可走。」

車伕看他垂下了頭，突然出手，一把飛刀直擲他的胸膛。

可是這把刀忽然又飛了回去，打在他自己的右肩上，直釘入他的關節。

他這隻手已再也不能殺人！

阿吉道：「我不殺你，只因爲我要讓你活著回去，告訴你的鐵頭大哥，告訴你們的大老闆，殺人的是我，他們若想報仇，就來找我，不要連累了無辜。」

車伕滿頭冷汗如豆，咬緊了牙，道：「好小子，算你有種。」

他轉身飛奔而出，忽然回頭：「你真的有種就把名字說出來。」

阿吉道：「我叫阿吉，沒有用的阿吉。」

暗夜，昏燈。

淒淒慘慘的燈光，照著床上老婆婆的屍體，也照著娃娃和老苗子慘白的臉。

這是他們的母親，爲他們的成長辛勞了一生，他們報答她的是什麼？

阿吉遠遠的站在屋角的陰影裡，垂著頭，彷彿已不敢再面對他們。

因爲這老人本來不該死的，只要他有勇氣面對一切，她就絕不會死。

老苗子忽然回頭看著他，道：「你走吧！」

他的臉已因悲痛而扭曲：「你替我們的娘報了仇，我們本該感激你，可是……可是現在我們已沒法子再留你。」

阿吉沒有動，沒有開口。他明白老苗子的意思，他要他走，只因爲不願再連累他。

可是他絕不走。

老苗子忽然大吼，道：「就算我們對你有恩，你已報答過了，現在爲什麼還不走？」

阿吉道：「你真的要我走，只有一個法子。」

老苗子道：「什麼法子？」

阿吉道：「打死我，把我抬出去。」

老苗子看著他，熱淚已忍不住奪眶而出，大聲道：「我知道你有功夫，就認爲可以對付他們了，你知不知道他們是些什麼人？」

阿吉道：「不知道。」

老苗子道：「他們又有錢，又有勢，他們的大老闆養著的打手，最少也有三五百個，其中最厲害的，一個叫鐵頭，一個叫鐵手，一個叫鐵虎，據說以前都是殺人不眨眼的江洋大盜，被官家搜索得太緊，才改名換姓，躲到這裡來。」

他又在吼：「就算你功夫還不錯，遇見了這三個人，也只有死路一條。」

阿吉道：「我本來已無路可走。」

他垂著頭，他的臉在陰影中。老苗子看不見他臉上的表情，卻聽得出他的聲音裡的悲痛和決心。

悲痛也是種力量，可以讓人做出很多平時不敢做的事。

老苗子終於長長嘆息，道：「好，你既然要死，就跟我們死在一起也好。」

只聽一個人在門外冷冷道：「好，好極了。」

「砰」的一聲響，很厚的木柵門已被打穿了一個洞。

一隻拳頭從外面伸了過來，又縮回去。

接著又「轟」的一響，旁邊的磚牆也被打穿了一個洞。

這人好硬的拳頭。

阿吉慢慢的從陰影中走出來，走過去打開了門。

門外站著一群人，身材最高大，衣著最華麗的一個正用左手捏著右拳，斜眼打量著阿吉，道：「你就是那個沒有用的阿吉？」

阿吉道：「我就是。」

這人道：「我就叫鐵拳阿勇。」

阿吉道：「隨便你叫什麼名字都一樣。」

鐵拳阿勇冷冷道：「我的拳頭卻不一樣。」

阿吉道：「哦？」

鐵拳阿勇道：「聽說你很有種，你若敢挨我一拳，我就算你真的有種。」

阿吉道：「請。」

老苗子的臉色變了，娃娃用力握住他的手，兩個人的手都冰冷。

他們都看得出阿吉已不想活了，否則怎會願意去挨這隻一下就能打穿磚牆的鐵拳？

可是他們反正也只有死路一條，早死也是死，晚死也是死，死又算得了什麼？

「去他娘的，死就死吧！」

老苗子忽然衝出去，大吼道：「你有種就先打老子一拳。」

鐵拳阿勇道：「也行。」

他說打就打，一個直拳打出來，迎面痛擊老苗子的臉。

每個人都聽見了骨頭碎裂的聲音，碎的卻不是老苗子的臉。碎的是鐵拳阿勇的拳頭。

阿吉突然出手，一拳打在他的拳頭上，反手一拳，猛切他的小腹。

鐵拳阿勇痛得整個人都像蝦米般縮成了一團，痛得滿地直滾。

阿吉看著他後面的人。一群人都帶著刀，卻沒有一個敢動的。

阿吉道：「去告訴你們的大老闆，想要我的命，就得找個好手來，像這樣的人還不配！」

十三　青衣軍師

後園中的楓葉已紅了，秋菊卻燦爛如黃金。

大老闆背負著雙手，站在菊花前，喃喃自語：「等到洋澄湖的那批大螃蟹送來，說不定也就恰巧是這些菊花開得最好的時候。」

他舒舒服服的嘆了口氣，又喃喃道：「那真是好極了，好極了。」

他身後站著一群人，一個穿著藍布長衫，看來好像是個落第秀才的中年人，距離他最近，手上纏著布的鐵拳阿勇，站得最遠。

不管站得近也好，站得遠也好，大老闆在賞花的時候，絕沒有一個人敢出聲的。

大老闆彎下腰，彷彿想去嗅嗅花香，卻突然出手，用兩根手指捏住隻飛蟲，然後才慢慢的問道：「你們說那個人叫什麼名字？」

青衫人看看鐵拳阿勇。

阿勇道：「他叫阿吉，沒有用的阿吉。」

大老闆道：「阿吉？沒有用的阿吉？」

他用兩根手指一捏，捏死了那隻飛蟲，忽然轉身，盯著阿勇，道：「他叫沒有用的阿吉，你叫鐵拳阿勇？」

阿勇道：「是。」

大老闆道：「是你的拳頭硬，還是他的？」

鐵拳阿勇垂下頭，看著那隻包著白布的拳頭，只有承認：「是他的拳頭硬。」

大老闆道：「是你勇敢？還是他？」

鐵拳阿勇道：「是他。」

大老闆道：「是你沒有用？還是他？」

鐵拳阿勇道：「是我。」

大老闆嘆了口氣，道：「這麼樣看來，好像是你的名字叫錯了。」

鐵拳阿勇道：「是。」

大老闆道：「那麼你爲什麼不改個名字，叫廢物阿狗？」

鐵拳阿勇慘白的臉已經開始扭曲變形。

一直默默的站在旁邊的青衫人，忽然躬身道：「他已經盡了力。」

大老闆又嘆了口氣，揮手道：「叫他滾吧。」

青衫人道：「是。」

大老闆道：「再弄點銀子叫他養傷去，傷好了再來見我。」

青衫人立刻大聲道：「大老闆叫你到賬房去領一千兩銀子，你還不謝恩。」

阿勇立刻磕頭如搗蒜，大老闆卻又在嘆氣，看著這青衫人嘆著氣苦笑道：「一出手就是一千兩，你這人倒是大方得很。」

青衫人微笑道：「只可惜我這也是慷他人之慨。」

大老闆大笑，道：「你這個人最大的好處，就是會說老實話。」

等他的笑聲停止，青衫人才悄悄的道：「我還有幾句老實話要說。」

大老闆立刻揮手，道：「退下去。」

所有的人立刻都退了下去。

庭院寂寂，楓紅菊黃，夕陽已下，將大老闆的影子長長的拖在地上。

他在欣賞著自己的影子。他肥而矮小，卻欣賞長而瘦削的人。

青衫人瘦而長，可是他彎下腰的時候，大老闆就可以不必抬頭看他。

他彎著腰，聲音還是壓得很低：「那個沒有用的阿吉，絕不是沒有用的人。」

大老闆在聽。這個人說話的時候，大老闆總是很注意的在聽。

青衫人道：「鐵拳阿勇是崆峒出身的，近年來崆峒雖然已人才凋零，可是他們的獨門功夫仍然有它的獨到之處。」

大老闆道：「崆峒不壞。」

青衫人道：「在崆峒弟子中，阿勇一直是最硬的一把手，還沒有被逐出門牆時，就已經幹掉過少林的四個大和尚，武當的兩把劍。」

大老闆道：「這些事我都知道，否則我怎麼會花八百兩銀子一個月用他。」

青衫人道：「可是那個沒有用的阿吉，卻一下子就把他廢了，由此可見，阿吉這個人很不簡單。」

大老闆冷笑。

青衫人道：「奇怪的是，這附近方圓幾百里之內，竟沒有一個知道他的來歷。」

大老闆道：「你調查過？」

青衫人道：「我已經派出了六十三個人，都是地面上耳目最靈通的，現在回來的已經有三十一個人，都沒有查出來。」

大老闆本來一直在慢慢往前走，突然回頭站著，道：「你究竟想說什麼？」

青衫人道：「這個人留在附近，遲早總是個禍害。」

大老闆道：「那麼你就趕快叫人去做了他。」

青衫人道：「叫誰？」

大老闆道：「鐵頭。」

青衫人道：「大剛『油頭貫頂』的功夫，的確已很少有人能比得上。」

大老闆道：「我親眼看過他一頭撞斷一棵樹。」

青衫人道：「只可惜阿吉不是樹。」

大老闆道：「他的硬功夫也不錯。」

青衫人道：「比阿勇的鐵拳功也強不了太多。」

大老闆道：「你認爲他也對付不了那個沒有用的阿吉？」

青衫人道：「不是絕對不行，只不過沒有把握而已。」

他慢慢的接著道：「我記得大老闆曾經吩咐過，沒有把握的事，絕對不能做。」

大老闆微笑點頭，覺得很滿意。他喜歡別人記住他說的話，最好每句話都記住。

青衫人道：「我想來想去，我們這邊有把握能對付他的，只有一個人。」

大老闆道：「鐵虎？」

青衫人點點頭，道：「大老闆當然也知道他的來歷，這個人機智深沉，平時出手，從不肯露出他的真功夫來，卻已經比大剛、阿勇高出很多。」

大老闆道：「他要到什麼時候才能回來？」

青衫人道：「他這次差事並不好辦，以我看，最快得再過十來天。」

大老闆沉下臉，道：「現在我們難道就沒法子對付那個沒有用的阿吉了？」

青衫人道：「當然有。」

他微笑，又道：「我們只要用一個字就可以對付他。」

大老闆道：「哪個字？」

青衫人道：「拖。」

他又補充說明：「我們有的是功夫，有的是錢，他們卻已連吃飯都成問題，而且隨時隨地都得提防著我們去找他，一定也睡不著覺的，這樣子拖個三五天下去，用不著我們出手，他們也要被拖垮了。」

大老闆大笑，用力拍他的肩，道：「好小子，真有你的，難怪別人要叫你竹葉青。」

竹葉青是一種烈酒的名字。喝下去很少有人能不醉的，竹葉青也是種毒蛇，毒得要命。

大老闆忽又問道：「就算我們不去找他，他若來找我們呢？」

竹葉青道：「一個人出來找人拚命的時候，能不能帶著個受了重傷的蠢漢，和一個只會賣淫的婊子跟著他一起去？」

大老闆道：「不能。」

竹葉青道：「所以他若出來找我們，一定只有把那個苗子留下。」

大老闆道：「他可以把他們藏起來。」

竹葉青道：「城裡都是我們的人，而且我又早已在他們家附近佈下了眼線，他能把人藏到哪裡去？」

大老闆冷笑道：「除非他們能像蚯蚓一樣鑽到土裡去。」

竹葉青道：「這次阿吉肯出來拚命，就是爲了那兄妹兩個，他們若是落入我們手裡，阿吉還能翻得出大老闆的掌心？」

大老闆又大笑，道：「好，我們就在這裡賞花喝酒，等著他們來送死。」

竹葉青微笑道：「我保證不出三天，他們就會來的。」

黃昏。

娃娃剛端起一碗肉湯，眼淚就一顆顆滴入了碗裡。

肉湯不會讓人流淚，讓她流淚的，是買這塊肉，煮這碗湯的人。

現在肉湯還在，人卻已埋入黃土。這碗湯又有誰忍心吃得下去？

可是她一定要他們吃下去，因爲他們需要體力，餓著肚子的人不會有體力。

她擦乾了眼淚，才將兩碗湯和兩個饅頭用個木盤盛著捧出廚房。

阿吉還坐在屋角的陰影裡。她先送了一碗湯一個饅頭過去，擺在他面前的桌上。

阿吉沒有動，沒有開口。娃娃又將木盤捧到他哥哥面前，輕輕道：「湯還是熱的，你們快吃。」

老苗子道：「你呢？」

娃娃道：「我……我不餓。」

她真的不餓？一個已有兩天一夜水米未進的人會不餓？

她不餓，只因爲這已是他們最後的一點食物，只因爲他們比她更需要體力。

老苗子抬頭看著她，勉強忍住淚，道：「我的胃口也不好，吃不下這麼多，我們一人一半。」

娃娃也忍住了淚，道：「難道我不吃也不行？」

老苗子道：「不行。」

他剛想將饅頭分一半給她，阿吉忽然站起來道：「這碗湯給娃娃。」

老苗子立刻大聲道：「不行，那是你的。」

阿吉不理，大步往外走。

娃娃過去拉住他，道：「你要到哪裡去？」

阿吉道：「出去吃飯。」

娃娃道：「家裡有東西，你爲什麼要出去吃？」

阿吉道：「因爲我不想吃饅頭。」

娃娃盯著他，道：「不想吃饅頭想吃什麼？是不是想吃鐵頭？」

阿吉閉著嘴。

娃娃的眼淚終於又流下來，柔聲道：「我明白你的意思，這麼樣拖下去，連我都受不了，何況你，可是……」

她淚流如雨，黯然道：「可是你也該知道，城裡都是他們的人，你又何必去送死？」

阿吉道：「就算是去送死，也比在這裡等死好。」

夜色淒涼。

無論多麼美的夜色，在淒涼的人們眼中看來，也是淒涼的。

秋風已起，一個賣糖炒栗子的婦人，頭上包著塊青布，縮著脖子，在窄巷中叫賣。

巷子口外面，還有個要飯的瞎子，縮在牆角裡不停的在發抖。

阿吉走過去，忽又停下，道：「賣什麼？」

婦人道：「糖炒栗子，又香又甜的糖炒栗子，二十五個大錢一斤。」
阿吉道：「不貴。」
婦人道：「你想買多少？」
阿吉道：「一百斤。」
婦人道：「可是我這裡一共只有十來斤。」
阿吉道：「再加上你的人，就有一百斤了，我要連你的人一起買。」
婦人身子後縮，勉強笑道：「我只賣栗子，不賣人。」
阿吉道：「我非買不可。」
他忽然出手，一把揪著她的衣襟。
婦人大叫：「強盜，要強姦女人……」
她只叫了兩聲，下巴就被捏住。
阿吉冷冷道：「你若是個女人，怎麼會長鬍子？」
這人的下巴刮得雖乾淨，卻還是有些鬍渣子留下來。
阿吉道：「我看你一定是個瘋子，瘋子都應該被活活打死。」
這人拚命搖頭，吃吃道：「我……我不是，我沒有瘋。」
阿吉道：「你若沒有瘋，怎麼會到這裡來賣糖炒栗子？這裡的人窮得連飯都吃不起。」

這人怔住，眼睛裡露出恐懼之色。

阿吉道：「你若不想被我活活打死，最好就乖乖說出是誰叫你來的。」

這人還沒開口，蹲在牆角要飯的那瞎子忽然跳起來，飛一般的逃走了。

——這裡的人自己都窮得沒飯吃，沒毛病的人，怎麼會到這裡來要飯？

阿吉冷笑，又問道：「現在你的夥伴已溜了，你還不說實話，若是被人像野狗一樣打死在這裡，只怕連個收屍的人都沒有。」

這人終於不敢不說，道：「是……是竹葉青派我來的。」

阿吉道：「竹葉青是什麼人？」

這人道：「是大老闆的軍師，也是大老闆面前最紅的兩個人之一。」

阿吉道：「還有一個是誰？」

這人道：「是鐵虎。他的功夫比鐵頭高得多，和竹葉青兩個人一文一武，誰都惹不起。」

阿吉道：「你知道他在哪裡？」

這人道：「聽說是到外地辦事了，要過半個月才能回來。」

阿吉道：「鐵頭呢？」

這人道：「他有三個姨太太，三姨太最得寵，而且她一樣喜歡賭，所以平時他通常都在那裡。」

阿吉道：「你的家住在哪裡？」

這人吃了一驚，道：「大爺你問小人的家在哪裡幹什麼？」

阿吉道：「我問你，你就得說，死人就沒有家了。」

這人苦著臉，道：「在芝麻巷。」

阿吉道：「你家裡還有些什麼人？」

這人道：「有老婆孩子，連丫頭算上，一共六個人。」

阿吉道：「現在就要變成八個人了。」

這人不懂：「爲什麼？」

阿吉道：「因爲我要替你請兩位客人，到你家去住兩天，你若走漏了一點消息，那麼我保證你的家馬上就會變得只剩下一個人。」

他冷冷的接著道：「只剩下那個丫頭。」

夜。

燈光照在鐵頭大剛的光頭上，亮得就像是剛從油桶裡撈出來的光葫蘆。他的頭愈亮，就表示愈高興。今天晚上來的客人特別多，賭的也特別多，除了「抽頭」的不算，他自己和三姨太至少已撈進了上千兩銀子。

現在他手裡拿的一張牌是「二四」六點，雖然不太好，也不太壞。另外一張牌在他的三姨太手裡。三姨太的領子已解開了，露出了雪白的粉頸，用一雙春蔥般的纖纖玉手，抱著自己的一張牌，斜眼瞟著他，道：「怎麼？」

鐵頭大剛道：「你要什麼？」

三姨太道：「金六銀五小板凳！」

鐵頭大剛精神一振，大喝道：「好一個金六銀五小板凳！」

「啪」的一聲響，他手裡的一張「四六」已經被用力擺在桌上。

三姨太立刻眉飛色舞，吃吃的笑，道：「我要的就是你這隻公猴子。」

她手裡的牌赫然竟是張「丁三」。鐵頭大笑：「我要的也正是你這隻母猴子，咱們倒真是天生的一對。」

「丁三」配「四六」，猴玉對，至尊寶。

鐵頭大喝：「至尊寶，通吃！」

他雙臂一張，正想把桌上的銀子全都掃過來，突聽一個人冷冷道：「吃不得！」

三姨太的公館裡，賭局常開，只要有錢可輸，就可以進來。所以三教九流，什麼樣的人都有。

鐵頭大剛既不是怕事的人，也從來沒有人敢在這裡鬧事。可是說話的人，看起來不但很陌生，也不像是在賭錢的。

他穿得實在太髒太破，誰也沒看見他是怎麼進來的。

十四 有恃無恐

鐵頭大剛瞪眼道：「剛才是不是你在放屁？」

這人的樣子雖然不中看，態度卻很冷靜，淡淡道：「我不是放屁，是在說公道話！」

鐵頭大剛道：「你說我吃不得？憑什麼吃不得？」

這人道：「你憑什麼要通吃？」

鐵頭大剛道：「就憑這對猴王！」

這人道：「只可惜這副牌到你手裡，就不叫猴王了。」

鐵頭大剛忍住怒火，道：「叫什麼？」

這人道：「叫剃光了腦袋的豬八戒，通賠！」

鐵頭大剛的臉色變了。每個人的臉色都變了，每個人都已看出這小子是特地來找麻煩的。

誰有這麼大的膽子，敢來找鐵頭大哥的麻煩？

兄弟們全都跳了起來，紛紛大喝：「你這小王八蛋，你姓什麼？叫什麼？」

這人道：「我叫阿吉，沒有用的阿吉。」

所有的聲音立刻全都停頓，城裡的兄弟們，當然已全都聽過「阿吉」這名字。

鐵頭大剛忽大笑，道：「好，好小子，你真有種，居然敢找上門來！」

阿吉道：「我只不過想來看看。」

鐵頭大剛道：「看什麼？」

阿吉道：「看看你的頭，是不是真的是鐵頭！」

鐵頭大剛又大笑，道：「好，老子就讓你開開眼界。」

一張鋪著整塊大理石的桌子，居然一下子就被他端了起來。至少有七八十斤的桌子，在他的手裡，竟好像是紙紮的。

石頭也有很多種，大理石不但是最名貴的一種，也可能是最堅硬的一種，他卻用自己的腦袋撞了上去。

只聽「卜」的一聲響，這塊比年糕還厚的大理石，竟讓他一頭撞得粉碎。

他的頭卻還是像個剛從油桶裡撈出來的葫蘆，又光又亮。

兄弟們立刻大聲喝采：「好！」

等他們喝采聲停下，阿吉才慢慢的接著道：「好……好……好一個豬八戒！」

本來正在睥睨自耀，洋洋得意的鐵頭大剛臉色又變了，怒道：「你說什麼？」

阿吉道：「我說你是個豬八戒，因爲除了豬之外，誰也不會笨得用自己的腦袋去撞石頭。」

鐵頭大剛獰笑道：「我應該撞什麼？撞你？」

阿吉道：「好。」

這個字剛出口，鐵頭已虎撲過去，抓住了他的肩，把他像剛才舉石桌一樣舉了起來。

鐵頭不但頭厲害，這幾招動作也快，而且準確。他知道現在要撞的不是桌子，是個有手有腳的活人，所以他一出手就抓住了阿吉的肩井穴，先讓他不能動，然後再一頭撞過去。

沒有人能受得住他這顆鐵頭一撞，看來這個沒有用的阿吉，立刻就要變成沒有命的阿吉了。

兄弟們又在大聲喝采。可是這一次采聲停頓得很快，因爲阿吉沒有被撞碎，鐵頭反而被打碎了。

它是被一掌打碎的。無論誰的肩井穴被抓住，一雙手本來是絕對動不了的。

想不到阿吉的手卻偏偏還能動。

鐵頭的腦袋，本來連鐵鎚都敲不破，卻偏偏受不了他這隻手的輕輕一拍。

慘呼和掙扎都已停止，屋子裡悶得令人窒息。

阿吉動也不動站在那裡，棕黑的眼睛裡全無表情，彷彿深不見底。

每個人都在看著他，每個人身上都帶著武器，可是沒有人敢動。

這個沒有用的阿吉，竟使得這些終日在刀頭舐血的兄弟們，心裡產生出一股莫名的恐懼。

——這個人究竟是誰？

——他殺人後爲什麼還能如此冷靜？

——他以前殺過多少人？現在他心裡在想些什麼？

沒有人看得出他心裡正在吶喊：「我又殺了人，我爲什麼又要殺人？」

秋風吹動窗紙，阿吉終於抬起頭，才發現面前站著個女人。一個很美的女人，帶著種說不出的妖嬈誘人的魅力。

他知道她一定就是鐵頭的三姨太。她站得離他很近，已盯著他看了很久，眼睛裡帶著種很奇特的表情，既非悲傷，也不是仇恨，卻帶著幾分驚奇和迷惑。

滿屋子的人都已悄悄溜了出去，只剩下她一個人沒有走。

阿吉冷冷道：「我殺了你的男人！」

三姨太道：「你不殺他，他遲早也總有一天會死在別人手裡！」

她的聲音平靜得接近冷酷：「像他這種人，天生就是個殺胚！」

阿吉道：「我也很可能會殺死你，你本該早就走了的。」

三姨太道：「應該走的是你。」

阿吉冷笑。

三姨太道：「你殺了鐵頭，大老闆絕不會放過你。」

阿吉道：「我本就在等他！」

三姨太看著他，眼神顯得更奇特，忽然道：「我認得你，我以前一定見過你。」

阿吉道：「你一定看錯了人！」

三姨太道：「絕不會。」

她說得很肯定：「我是個婊子，從十四歲就開始做婊子，也不知見過了多少男人，可是像你這種男人並不多。」

阿吉眼睛裡忽然也閃過一絲奇怪的表情，慢慢的轉身走出去。

三姨太看著他的背影，眼睛裡忽然發出了光，大聲道：「我想起來了，你是……」

她沒有說完這句話。因爲阿吉已閃電般轉回身，掩住了她的嘴，將她攔腰抱起。

他不想殺這個女人，可是他一定要封住她的嘴。他絕不能讓任何人知道他的秘密。

臥房裡燈光柔和。

他將她拋在床上，她就仰面躺在那裡看著他，目中忽然有了淚光，黯然道：「你怎麼會變成這樣子的，怎麼會變得這麼多？」

阿吉道：「每個人都在變！」

三姨太道：「可是無論你怎麼變，我還是認得出你！」

她忍住淚又道：「你知不知道，我這一生中，唯一真正喜歡過的一個男人就是你……你當然不會知道，因爲我只不過是你無數個女人其中之一，而且是個下賤的婊子。」

阿吉沉默了很久，聲音變得很溫柔：「我也記得你，你叫金蘭花！」

她看著他，忽然痛哭失聲，撲上抱住他：「只要你還記得我，我死也甘心。」

阿吉道：「但是我卻希望別人忘了我！」

她緊緊抱住他，眼淚流在他臉上：「我知道，我一定聽你的話，絕不說出你的秘密，就算死，也絕不會說出去。」

大老闆平生有三件最得意的事，其中一件就是他有一張世上最大的床。

不但最大，也最奇妙，最豪華，無論到哪裡都找不出第二張。

這並不是誇張。

現在還是上午，大老闆還躺在床上，他最寵愛的九位姬妾都在床上陪著他。

一個丫頭悄悄的走進來，囁嚅著道：「葉先生說有要緊的事，一定要見老爺！」

大老闆想坐起，又躺下道：「叫他進來！」

他的姬妾立刻抗議：「我們這樣子，你怎麼能叫別的男人進來？」

大老闆微笑，道：「這個男人沒關係！」

有人問：「爲什麼？」

大老闆淡淡道：「因爲他對我比你們九個人加起來都有用。」

雖然已通宵未睡，竹葉青看起來還是容光煥發，完全沒有一點倦態。

大老闆常說他精力之充沛，就好像織布機一樣，只要大老闆要他動，他就絕不會停。

他垂首站在大老闆床前，目不斜視，床上九個如花似玉的美人，在他眼中看來，竟完全不值一顧。對這一點，大老闆也很滿意。

他先讓竹葉青坐下，然後再問：「你說有要緊的事，是什麼事？」

竹葉青雖然遵命坐下，卻又立刻站起，垂首道：「阿吉發現了我在他那裡佈下了眼線，帶走了苗子兄妹。」

他的頭垂得更低：「這是我的疏忽，我低估了那個沒有用的阿吉，請大老闆嚴厲處分。」

他先用最簡單的話扼要說出事件經過，然後立刻承認自己的錯，自請處分。這是他做事的一貫作風，他從不掩飾自己的過錯，更不推諉責任，這種作風也正是大老闆最欣賞的，所以他雖然皺了皺眉，語聲卻不嚴厲：「每個人都難免有做錯事的時候，你先坐下說話！」

竹葉青道：「是！」

等他坐下去，大老闆才問：「這件事是什麼時候發生的？」

竹葉青道：「昨天晚上子時前後！」

大老闆道：「直到現在你還沒有找到他們？」

竹葉青道：「阿吉的行蹤我們已知道，苗子兄妹卻一直下落不明！」

大老闆道：「阿吉在哪裡？」

竹葉青道：「一直都在大剛的三姨太那裡！」

大老闆沉下臉，道：「鐵頭已經被他……？」

竹葉青道：「是。」

大老闆道：「他是什麼時候去的？」

竹葉青道：「剛過子時不久！」

大老闆臉色更難看，道：「他在半個時辰之內，就能將苗子兄妹那麼樣兩個大人藏起來，你們花了一夜功夫，居然還找不到？」

竹葉青又站起來，垂首道：「城裡能容他們兄妹躲藏的地方並不多，我已經派人將每一個有可能的地方都徹底查過，卻沒有人看見過他們！」

大老闆冷笑道：「想不到這個沒有用的阿吉，居然連你都鬥他不過。」

竹葉青不敢開口。

這一次大老闆也沒有再讓他坐下，過了很久，才慢慢的問道：「鐵頭真是被他親手殺了的？」

竹葉青道：「據當場目睹的人說，他一掌就拍碎了鐵頭的腦袋。」

大老闆臉色又變了變，道：「有沒有看出他用的是那一門的武功？」

竹葉青道：「沒有。」

他又補充道：「就因爲沒有人知道他的武功和來歷，可見這個人必定大有來歷。」

大老闆道：「最近江湖中有沒有什麼人忽然失蹤？」

竹葉青道：「這一點我也去調查過，最近忽然銷聲匿跡的武林高手，只有大盜趙獨行，天殺星戰空，和劍客燕十三。」

大老闆又在皺眉，這三個人的聲名，他當然也聽說過。

竹葉青道：「可是這三個人的體形相貌年紀，都沒有一點和阿吉符合。」

大老闆冷笑道：「難道這個人是從天上掉下來的？地下長出來的？」

他忽然握緊拳頭，用力敲在床頭的矮几上，厲聲道：「不管他是哪裡來的，先做了他再說，人死之後，就不必再問他的來歷。」

竹葉青道：「是。」

大老闆道：「不管你用什麼法子，不管要花多大的代價，我都要他這條命！」

竹葉青道：「是。」

大老闆的命令，一向要立刻執行，可是這一次竹葉青居然還沒有走。

這是從來未有的現象，大老闆怒道：「難道你還有什麼話說？」

竹葉青遲疑著，終於鼓起勇氣道：「他人單勢孤，我們要他的命並不難，可是我們的犧牲一定也很慘重！」

大老闆道：「那麼你的意思呢？」

竹葉青道：「這個人就像是一把出了鞘的刀，就看他是被誰握在手裡！」

大老闆道：「你的意思是要我將這把刀買下來？」

竹葉青道：「他肯爲苗子兄妹那種人賣命，只不過因爲他們對他有一點恩情，大老闆若是給他點好處，怎知他不肯爲大老闆效死？」

大老闆沉吟著，臉色漸漸和緩，道：「你認爲我們能買得到？」

竹葉青道：「每個人都有價錢的，我們至少應該去試試！」

大老闆道：「誰去？」

竹葉青躬身道：「我想自己去走一趟！」

大老闆道：「既然他是把已出鞘的刀，說不定一碰上他就會出血的，你何必自己去冒險！」

竹葉青道：「我全身上下，都屬大老闆所有，何況幾滴血？」

大老闆忽然下床，握住了他的手，道：「我沒有兒子，你就是我的兒子，你千萬要小心！」

竹葉青低著頭，熱淚彷彿已將奪眶而出，連旁邊看著的人，也都被感動。

等他退出去，大老闆才長長吐出口氣，對他的姬妾們道：「現在你們是不是已看出來，他對我是不是比你們九個人加起來都有用？」

一個嘴角有痣，眼角含情的女人忽然道：「我只看出了一點！」

大老闆道：「哪一點？」

這女人道：「他實在比我們九個人加起來都會拍馬屁！」

大老闆大笑，道：「說得好，說得好。」

他笑聲忽又停頓，盯著這女人，道：「我要你做的事，你都肯做？」

這女人開始乘機撒嬌，蛇一般纏住了他，道：「你要我做什麼？」

大老闆冷冷道：「我要你從今天晚上開始，就去陪他睡覺！」

阿吉還在睡。他太疲倦，太需要睡眠，有太多的事都在等著他去做，他的體力必須恢復。

他醒來時，金蘭花還躺在他身旁，睜著眼，看著他，眼睛裡充滿了柔情。

阿吉卻又閉上眼，道：「昨天晚上一夜都沒有人來過？」

金蘭花道：「沒有。」

阿吉全身肌肉放鬆，心裡卻已抽緊。

他知道暴風雨來臨前的一刻，通常都是最沉悶的時候，那就像黎明前的那一刻通常都是最黑暗的時候。

以後會有些什麼樣的轉變？最後會有什麼樣的結果？他全不知道。

他只知道這件事現在已黏上了他，他已不能放手。因爲他只要一放手，老苗子、娃娃、金蘭花就只有死定了。

更重要的一點是，他知道城裡還有無數個像他們這樣的人，都在火坑裡等著他幫助。

外面的屋子裡忽然有了腳步聲。

腳步聲很重，好像故意要讓人聽見，然後阿吉又聽見有人在咳嗽。

他等著這個人進來，等了很久，外面反而變得全無動靜。

金蘭花的臉色慘白，她猜不出來的是什麼人，可是這個人既然敢來面對一掌拍碎鐵頭的人，必定有恃無恐。

阿吉拍了拍她的頭，慢慢的站起來，穿上衣服。他已感覺此刻等在外面的這個人，一定是最難對付的一個。

十五　人事無常

鐵頭的屍體已被收走，他最後拿的那副「至尊寶」卻還留在桌上。

竹葉青就坐在桌子邊，用手輕撫著這副牌，微笑著道：「據說一個人能拿到這副牌的機會只有萬分之一，那意思就是說，就算你賭了五十年牌九，每天都在賭，能拿到這副牌的機會，最多也不會超過三十次！」

他並不是自言自語，他知道阿吉已走出來，正在靜靜的看著他。

他微笑回頭，又道：「所以無論誰能拿到這副牌，運氣都一定很不錯！」

阿吉道：「昨天晚上拿到這副牌的人，運氣並不好。」

竹葉青嘆了口氣，道：「這也正是我想說的，人事無常，又有誰能一直保持住自己的好運氣？」

他抬起頭，凝視著阿吉，緩緩道：「所以一個人若是有了機會時，就一定要好好把握住，不可放棄！」

阿吉道：「你還想說什麼？」

竹葉青道：「現在閣下的機會已來了！」

阿吉道：「什麼機會？」

竹葉青道：「世人操勞奔走一生，所尋求的是什麼？也只不過是名利二字而已。」

他微笑又道：「現在閣下已經有了這種機會，實在可賀可喜！」

阿吉盯著他，就好像釘子釘在牆裡一樣，忽然問：「你就是竹葉青？」

竹葉青仍在微笑，道：「我姓葉，叫葉青竹，可是別人都喜歡叫我竹葉青！」

他仍在微笑，笑得有點奇怪。

阿吉道：「是不是大老闆叫你來的？」

竹葉青承認。

阿吉道：「那麼我也想告訴你一件事！」

竹葉青道：「什麼事？」

阿吉道：「一個人掙扎奮鬥一生，有時候並不是爲了名利兩個字。」

竹葉青道：「除此之外，還有什麼？」

阿吉道：「還有兩個字，理想！」

竹葉青道：「理想？」

他真的不太懂得這兩個字的意思：「你想要的是什麼？」

阿吉道：「我想要每個人都自由自在的過他自己願意過的日子！」

他知道這句話的意思竹葉青是不會懂的，所以又解釋：「雖然有些人出賣自己，可是也有些人願意挨窮受苦，因爲他們覺得心安，受點苦也沒有關係！」

竹葉青道：「真有這種人？」

阿吉道：「我有很多朋友都是這種人，還有許許多多別的人也一樣，只可惜你們卻偏偏不肯讓他們過自己的生活，所以……」

竹葉青道：「所以怎麼樣？」

阿吉道：「所以你們要我走，只有一個條件！」

竹葉青道：「什麼條件？」

阿吉道：「只要你們放過這些人，我就放過你們，只要大老闆自己親口答應我，絕不再勉強任何人做任何事，我馬上就走。」

竹葉青道：「你一定要大老闆當面告訴你？」

阿吉道：「一定。」

竹葉青道：「十萬兩能不能改變你的意思？」

阿吉道：「不能！」

竹葉青在考慮，緩緩道：「你真的願意見大老闆？」

阿吉道：「今天我就願意見他！」

竹葉青道：「在什麼地方見？」

阿吉道：「隨便他！」

竹葉青道：「韓大奶奶那裡行不行？」

阿吉道：「行。」

竹葉青道：「吃晚飯的時候好不好？」

阿吉道：「好。」

竹葉青立刻站起來準備走了，忽又帶著笑道：「我還沒有請教貴姓大名？」

阿吉道：「我叫阿吉，沒有用的阿吉。」

看著竹葉青走出去，阿吉又看著那副「至尊寶」沉思了很久，他在想竹葉青剛才說的話。

——機會來到時，一定要好好把握住，絕不可放棄。

現在他們給他的是種什麼樣的機會？

他沒有再想下去，因爲他忽然想到件很可怕的事，等他衝回裡面那間屋子，金蘭花果然已不見了。

大老闆坐在他那寬大舒服的交椅上，看著站在他面前的竹葉青，心裡忽然覺得有點歉意。

這個人已爲他工作六年，工作得比任何人都辛苦，享受的卻比任何人都少。

現在他非但通宵未眠，而且水米未進，卻還是看不出一點怨懟疲倦之色，能夠爲大老闆做事，就已經是他最大的光榮和安慰。

——像這樣忠心勤勞的人，現在已愈來愈少了。

大老闆從心裡嘆了口氣，才問道：「你已見過了阿吉？」

竹葉青點點頭，道：「那個人的確像是把出了鞘的刀，而且是把快刀。」

大老闆道：「你把他買了下來？」

竹葉青道：「現在還沒有。」

大老闆道：「是不是因爲他要的價錢太高？」

竹葉青道：「我帶了十萬兩銀票去，可是我一見到他，就知道再多十倍也沒有用。」

大老闆道：「爲什麼？」

竹葉青道：「我去的時候，桌上還堆滿了銀子，他非但沒有碰過，甚至連看都沒有看一眼。」

他又補充：「他本來已經窮得連飯都沒有得吃的，卻還是沒有把那麼多銀子看在眼裡，由此可見，他要的絕不是這個。」

大老闆道：「他要的是什麼？」

竹葉青道：「他只有一個條件，他要我們讓每個人都過自己願意過的日子。」

大老闆道：「這是什麼意思？」

竹葉青道：「這意思就是說，他要我們放手，把現在我們做的生意全停下來！」

大老闆沉下了臉。

竹葉青道：「他還要跟大老闆見一次面，親口答應他這條件！」

大老闆道：「你怎麼說？」

竹葉青道：「我已替大老闆跟他約好，今天晚上，在韓大奶奶的地方跟他見面！」

大老闆眼中現出怒色，冷冷道：「你什麼時候變得可以替我作主的？」

竹葉青垂下頭，道：「沒有人敢替大老闆作主！」

大老闆道：「你呢？」

竹葉青道：「我只不過替大老闆做了個圈套，讓他自己把脖子套進去。」

大老闆改變了一下坐的姿勢，臉上的神色已和緩了許多。

竹葉青道：「我跟他在外面談判時，忽然發現了件怪事。」

大老闆道：「什麼事？」

竹葉青道：「我發現鐵頭的三姨太一直在裡面的門縫裡偷看，而且一直都在看著他，顯得又緊張，又關切。」

大老闆的手握緊，道：「那個女人是鐵頭從哪裡弄來的？」

竹葉青道：「那女人叫金蘭花，本來是淮揚一帶的名妓，江湖中有不少名人，都做過她的入幕之賓。」

大老闆眼睛裡發出光，道：「你認爲她以前一定認得那個沒有用的阿吉？」

竹葉青道：「不但認得，而且一定是老相好！」

大老闆道：「所以她一定知道阿吉的來歷？」

竹葉青道：「一定！」

大老闆盯著他，道：「現在她當然已經不在阿吉那裡了？」

竹葉青道：「已經不在了！」

大老闆滿意的吐出口氣，道：「她在哪裡？」

竹葉青道：「就在外面，和苗子兄妹在一起。」

大老闆眼睛更亮道：「你怎麼找到他們的？」

竹葉青道：「我找遍了城裡可能容他們藏身的地方，都沒有找到。」

大老闆目光閃動，道：「所以你就從最不可能的地方去找？」

竹葉青目光露出尊敬佩服之色，道：「我能想得到的，當然早已在大老闆計算之中。」

大老闆道：「你在哪裡找到了他們？」

竹葉青道：「我派去望風的兩個人中，有一個叫大牛，雖然很機靈，膽子卻很小，而且是個很顧家的男人，賺的錢一大半都要拿回家的！」

大老闆道：「所以你就想，阿吉很可能就用這一點要脅大牛，要他把苗子兄妹藏到他家裡去？」

竹葉青道：「我只想到像那麼樣兩個大活人，總不會平空一下子失蹤！」

大老闆微笑，道：「這一手阿吉的確做得很聰明，只可惜他想不到我這裡還有一個比他更聰明的人！」

竹葉青態度更恭謹，垂首道：「那也只不過因爲我從來不敢忘記大老闆平日的教訓！」

大老闆笑得更愉快，道：「現在我們只要先從金蘭花嘴裡問出他的來歷，再用苗子兄妹作釣魚的餌，還怕他不乖乖把脖子伸進來！」

竹葉青道：「我只怕金蘭花不肯說實話！」

大老闆道：「她是不是個婊子？」

竹葉青道：「是的！」

大老闆道：「你有沒有見過一個真正多情多義的婊子？」

竹葉青道：「沒有。」

大老闆道：「你有沒有見過一個既不要錢，也不要命的婊子？」

竹葉青道：「沒有。」

大老闆微笑道：「我也沒有。」

被單雪白乾淨，還帶著金蘭花的香氣。阿吉把它撕開來，撕成一條條，包紮住身上的刀傷。他知道大老闆絕不會接受他提出的條件，也知道今夜必定會有惡戰。

他一點都不在乎，可是他不能不想到金蘭花。

——我一定聽你的話，就算死，也絕不會說出去。

她留在他臉上的淚痕雖已乾，她的聲音卻彷彿還在他耳畔。這些話他能不能相信？一個人若連自己都能夠出賣，又有誰能相信她寧死也不出賣別人？

阿吉用力將布帶在胸膛上打了結。他的心裡也有個結，千千萬萬個結，解不開的結，因爲他並不是平空從天上掉下來的，他當然也有他的過去。在逝去的那一段日子裡，他有過悲傷，有過歡樂，當然也有過女人。

他從不相信任何女人。在他眼中，女人只不過是一種裝飾，一種工具，當他需要她們時，她們就會像貓一樣乖乖投入他懷裡。當他厭倦時，他就會像垃圾般將她們拋開。

對這一點，他從不隱瞞，也從無歉疚，因爲他總認爲他天生就應該享受女人的寵愛。

如果有女人愛他，愛得要死，愛得恨不得能死在他懷裡，他都認爲那女人活該。

所以如果金蘭花現在出賣了他，他也會認爲自己活該。他一點都不在乎，因爲他已經準備拚了。

一個人，一條命，不管是怎樣一個人，不管是怎樣一條命，只要他自己準備拚了，還有什麼可在乎的？

——他是不是真的不在乎？

——他心裡是不是有某種不能向人訴說的隱痛？

——他是不是受過某種永遠不能平癒的創傷？

誰知道？

連他自己都已幾乎忘記——

至少他全心全意都希望自己能忘記，還有誰知道？

桌子上有一斛珍珠，一把刀。

桌子旁邊有三個人——大老闆、竹葉青、金蘭花。

大老闆沒有開口。

不必要的時候，他從不開口——如果有人替他說出他要說的話，他何必開口？先開口的當然是竹葉青。

他說話的聲音永遠和緩輕柔：「這是最好的珍珠，漂亮的女人戴在身上，當然會更漂亮，就算不漂亮的女人戴在身上，也會有很多男人會覺得她忽然變得很漂亮。」

金蘭花道：「我知道。」

竹葉青道：「你是個很漂亮的女人，可是每個女人都有老的時候！」

金蘭花道：「我知道。」

竹葉青道：「不管多漂亮的女人，到了她老的時候，都會變得不漂亮。」

金蘭花道：「我知道。」

竹葉青道：「每個女人都需要男人，可是到了那時候，你就會發覺，珍珠遠比男人更重要。」

金蘭花道：「我知道。」

竹葉青輕撫刀鞘，道：「這是一把刀，可以殺人的刀。」

金蘭花道：「我知道。」

竹葉青道：「不管多漂亮的女人，如果被這把刀戳在心口裡，珍珠對她就沒有用了，男人對她也沒有用了。」

金蘭花道：「我知道。」

竹葉青道：「你喜歡被人戳一刀，還是喜歡珍珠？」

金蘭花道：「珍珠。」

竹葉青盯著她看了很久，才慢慢的問道：「你知不知道那個沒有用的阿吉姓什麼？叫什麼？是從哪裡來的？」

金蘭花道：「不知道。」

竹葉青笑了，就在他開始笑的時候，刀已在他手裡，刀光一閃，劃過金蘭花的左耳。

這一刀並不是虛張聲勢，他知道只有血淋淋的事實才能真正令人恐懼。

金蘭花全身都因恐懼而收縮。她看見了自己的血，也看見了隨著鮮血落下的半隻耳朵。

但是她並沒有覺得痛，這種恐懼竟使得她連痛苦都已感覺不到。

竹葉青臉上卻毫無表情，淡淡道：「耳朵缺了一半，還可以用頭髮蓋住，若是鼻子少掉半個，就難看得很了！」

金蘭花忽然大聲道：「好，我說。」

竹葉青微笑著放下手裡的刀，道：「只要你肯說，這些珍珠還是你的！」

金蘭花道：「其實根本用不著我說，你們也應該知道他是誰！」

竹葉青道：「哦？」

金蘭花道：「他就是要你們命的閻王！」

這句話沒說完，她的人已撲上桌子，用兩隻手握住桌上的刀，刺入自己的胸膛。

大老闆的臉色變了，一把揪住她頭髮，厲聲道：「你只不過是個婊子，爲什麼要爲一個男人死？」

金蘭花的臉色蒼白，嘴角已開始有鮮血滲出，卻還有一口氣，還可以說出心裡的話：「因爲只有他才是真正的男人，你們卻只不過是一群連豬狗都不如的雜種，我能夠爲他死，我……我已經高興得很。」

十六 步步殺機

屋子裡沒有聲音，一點聲音都沒有。也不知過了多久，大老闆忽然問：「你跟他約的是今天晚上？」

竹葉青道：「是。」

大老闆道：「那麼你現在就應該趕快去將那地方安排好。」

竹葉青道：「大老闆真的準備要去？」

大老闆點點頭，道：「我想見見他！」

他又替自己解釋：「因爲我從未想到世上真的有他這種男人，能夠讓一個婊子心甘情願的爲他死，我想看看他到底有什麼特別的地方！」

竹葉青閉上嘴。他知道大老闆的主意是從來沒有任何人能夠改變的。

大老闆卻偏偏要問他：「你的意思怎麼樣？」

竹葉青沒有立刻回答。

這件事的關係實在太大，絕不能有一點疏忽錯誤，他必須詳細考慮。

大老闆又在問：「你認爲我會有危險？」

竹葉青沉吟著，緩緩道：「既然苗子兄妹還在我們手裡，他也許還不敢輕舉妄動。」

大老闆道：「這一點我已想到。」

竹葉青道：「可是一個人如果能讓一個婊子爲他死，也許什麼事都做得出的！」

大老闆道：「譬如說什麼事？」

竹葉青道：「有些人平時雖然對朋友很講義氣，可是到了必要時，就會不惜將朋友犧牲的！」

大老闆道：「什麼時候才是必要的時候？」

竹葉青道：「他決心要做一件大事的時候！」

大老闆沒有再問下去。

他當然懂得竹葉青的意思，無論誰殺了他，都必定是件轟動江湖的大事。

竹葉青道：「在天黑之前，我一定可以將所有的好手都集中到韓大奶奶那裡去，我們可以用的好手，至少還有三十幾個。」

大老闆道：「有他們保護我還不夠？」

竹葉青道：「也許夠了，也許不夠，只要有一分危險，我就不敢這麼做！」

大老闆道：「有他們在前面擋著，我至少可以全身而退！」

竹葉青道：「可是他目標只有大老闆一個人，我們只要有一分疏忽，他就很可能會出手，他的出手一擊，也許沒有人能擋得住！」

他輕輕嘆了口氣，道：「如果鐵虎在，情況當然又完全不同了。」

大老闆道：「你的意思是說我不能去？」

竹葉青道：「大老闆如果一定要見他，當然可以去，只不過……」

大老闆道：「怎麼樣？」

竹葉青道：「我們卻不一定讓他見到大老闆。」

他沒有再解釋，他知道大老闆立刻就會明白他的意思。

無論什麼人能夠做到像大老闆這樣的大老闆，都絕不是僥倖的，他一定要有別人比不上的才能和機智。

大老闆果然沒有讓他失望：「因為他從來沒有見過我，所以我們可以隨便找個人冒充我去會他，我扮成隨從跟在後面，一樣還是可以見到他。」

竹葉青道：「他如果出手，首當其衝的就是那個人了，大老闆就一定可以全身而退！」

大老闆微笑道：「好，好主意！」

門外忽然有個人道：「不好，一點都不好！」

這是大老闆的書房，也就是他和他的高級幕僚商談機密的地方。沒有大老闆的允許，誰也不敢直闖到門外。

這個人卻已在門外。

大老闆的意思，從來沒有人敢反駁，大老闆說「好」，就一定是好的，從來沒有人敢爭辯。

這個人卻是例外。

在大老闆面前，只有這個人敢做別人不敢做的事，敢說別人不敢說的話。

因爲他能爲大老闆做的事，也絕不是任何人能做得到的。

聽見他的聲音，大老闆已面有喜色：「鐵虎回來了！」

一大碗熱氣騰騰的牛肉麵剛端上來，湯是原汁，裡面還加了四個蛋，兩塊排骨。看來滋味一定不錯。阿吉心裡卻不知是什麼滋味？

他已有很久未曾吃過這麼好的東西，對他來說，這已是種很奢侈的享受。

他很想能與他的朋友們分享，他很想到大牛家裡去看苗子和娃娃，可是他不敢冒險。

離開鐵頭的小公館時，桌上還堆滿了昨夜的賭注銀子，他只拿走了最小的一錠。

他一定要吃點能夠補充體力的食物，他一定要勉強自己吃下去。

這是家很小的麵館，狹窄而陰暗。阿吉就坐在最陰暗的一個角落裡，低著頭，慢慢的吃麵。

他不想去看別人，也不想讓別人看見他，只想安安靜靜的吃完這碗麵。可是他沒有吃完。

就在他開始吃第二顆蛋時，用舊木板搭成的屋頂上，忽然有一大片灰塵掉下來，掉在他的麵碗裡。

接著就是「咯吱」一聲響，屋頂已裂開個大洞，一個人輕飄飄落下，伏在他身後，壓低聲音道：「不許動，不許開口，否則就要你的命！」

阿吉沒有動，沒有開口。

麵館裡唯一的夥計更嚇得腿都軟了，因爲他已看見這個人手裡一把雪亮的刀。

也看見了這個人一雙像野獸般的眼睛。

一條已經被獵人追捕得無路可走的野獸，眼睛裡充滿了恐懼和殺氣。

「你坐下來，慢慢的坐下來！」

這個人在命令麵館裡的夥計：「就像什麼都沒有看見。」

夥計立刻坐到他那張破木椅上，整個人都軟了。

這人又命令阿吉：「繼續吃你的麵，你把它吃完！」

阿吉繼續吃麵。

掉在糞汁裡的饅頭，他都能吃得下去，麵碗裡有灰，他當然更不在乎。

他能感覺到背後這人的緊張和恐懼，卻不知這人怕的是什麼？

他也不想知道。但是就在這時候，他正好看見一個很高大的人昂著頭從門外走過。

看見這條大漢，街上大部分人都立刻彎下腰，垂下頭。

躲在阿吉背後的人呼吸立刻變得更急促，全身都好像在不停的發抖。

——他怕的一定就是這條大漢？

——這條大漢究竟是什麼人？

——爲什麼能讓人怕得這麼厲害？

阿吉又低下頭的時候，彷彿看見這條大漢往麵館裡瞥了一眼，目光就像是厲電。

幸好他只看了一眼，就大步走了過去。

這時阿吉才看見他背後的腰帶上還掛著條繩子，繩子上還繫著六個人。

六個人的衣著都很華麗，甚至連腰飾、帽飾、靴子，也都配得很考究。

可是六個人都已被打得鼻青眼腫，有的人連手腳都已打斷了。

每個人都像狗一樣乖乖的被那條大漢用繩子牽著走過去，躲在阿吉背後的人才吐口氣，緊握著刀柄的手也已放鬆。

阿吉忽然問：「這些人都是你的朋友？」

這人低叱：「閉嘴！」

阿吉沒有閉嘴，又道：「既然你能逃出來，爲什麼不救救他們？」

這句話還沒有說完，刀柄已架在他的脖子後：「你再開口，我就要你的命！」

他這句話還沒有說完，已有人冷冷道：「你不開口，我也一樣要你的命！」

剛才明明已從門外走過去的大漢，忽然間又回來了，忽然間已站在阿吉面前。

他的一雙眼睛閃射如厲電，臉上顴骨高聳，鷹鼻闊口。

阿吉低著頭吃麵。

躲在他背後的人，用刀架住他的脖子：「你一動手，我就先殺了這個人！」

大漢道：「你殺了他，我就不殺你！」

他的聲音沉重冷酷：「我至少要讓你多活三年，多受三年罪。」

阿吉還是在低著頭吃麵。

躲在他身後的人，卻已飛躍而起，一刀閃電般往這條大漢頭頂上砍了下去。

大漢的身子沒有動，頭也沒有動，只一伸手，就握住了這個人的手腕。

「格」的一響，這個人的手腕就斷了，「噹」的一聲，刀落在地上，他的人就跪了下去。

大漢冷冷的看著他，道：「你走不走？」

這人疼得連眼淚都已流下，不停的點頭，道：「我走！」

大漢冷笑，拿著他走出去，忽又回頭，瞪著阿吉。

阿吉還是在吃麵。

大漢冷笑道：「你倒很沉得住氣！」

阿吉沒有抬頭，道：「我餓極了，我只想吃麵！」

大漢又瞪著他看了很久，忽然回頭向麵館夥計道：「這碗麵的賬我付！」

夥計道：「是！」

阿吉道：「謝謝。」

大漢道：「不必！」

繩子又多了一個人，七個人被繩子繫著，像狗一樣被大漢牽著走。

阿吉終於吃完了他的麵。他決心要吃完這碗麵，他就一定要吃完，不管這碗麵裡有灰也好，有血也好，有淚也好。

然後他才站起來，走到麵館夥計面前，問：「那個人是誰？」

夥計驚魂猶未定，顫聲道：「哪個人？」

阿吉道：「剛才那個請我吃麵的人。」

夥計東張張，西望望，才壓低聲音，道：「那是個惹不得的人！」

阿吉道：「他叫什麼？」

夥計道：「鐵虎，鐵老虎，只不過比鐵還硬，比老虎還兇！」

阿吉笑了，笑容中帶著一種說不出的譏誚：「能夠把七匹狼像狗一樣牽著走的人，當然比老虎還兇！」

夥計的聲音壓得更低，悄悄的問：「你認得他？」

阿吉道：「不認得！」

他笑得更奇怪，慢慢的接著道：「可是我知道我們很快就會認得的。」

「鐵虎回來了。」

現在他就站在大老闆面前，腰雖然彎得並不低，神色間卻帶著絕非任何人所能僞裝出的驕傲和尊敬。驕傲的是，他又爲自己所尊敬的人做成了一件事。

大老闆道：「你回來得比我們想的還早！」

鐵虎道：「因爲那群狼根本不是狼，是狗！」

大老闆微笑，道：「在你面前，就算真是狼也變成了狗。」

鐵虎也在笑。

他並不是個謙虛的人，他喜歡聽別人的讚美，尤其是大老闆的讚美。

大老闆道：「現在那群狗呢？」

鐵虎道：「六條死狗已餵了狼，七條活狗我都帶回來了。」

大老闆道：「連一條都沒有漏網？」

鐵虎道：「半路上本來有一條幾乎溜了，我想不到他在褲襠裡還夾著把刀。」

大老闆道：「現在那把刀呢？」

鐵虎道：「現在那把刀已經在他屁眼裡。」

大老闆大笑。

他喜歡鐵虎做事的方式。

鐵虎做事，永遠最直接，最簡單，最有效。

鐵虎忽然道：「剛才大老闆要見的是什麼人？」

大老闆道：「他叫阿吉！」

鐵虎道：「阿吉？」

大老闆道：「我知道你一定沒聽過這個人的名字，因爲他根本沒有名，而且總喜歡把自己說成是個沒有用的人。」

鐵虎道：「其實他很有用？」

大老闆道：「不但很有用，而且一定很有名，只不過名聲太響的人有時候就不願別人再提起他的名字。」

鐵虎明白這意思。

他自己也一樣，他已將自己的真名實姓隱藏了多年。

大老闆道：「我們本來約好了今天晚上見面的，可是小葉怕我出事！」

鐵虎冷笑，道：「小葉的膽子比葉子還小。」

大老闆道：「你不能怪他，一個人做事謹慎些，總不是壞事。」

竹葉青一直在聽著，陪著笑，等到鐵虎不再開口，才說：「那時候我不能不特別謹慎，只因爲虎大哥還沒有回來。」

鐵虎道：「現在呢？」

竹葉青道：「現在當然不同了。」

他在笑，可是笑得令人很不舒服：「現在大老闆若是想要見一個人，只要虎大哥一出手，馬上就能把那個人抓回來！」

鐵虎瞪著他：「你以爲我辦不到？」

竹葉青道：「這世上若是還有虎大哥辦不到的事，還有誰能辦得到？」

鐵虎的雙拳已握緊。

大老闆忽然道：「你累了！」

他是對竹葉青說的：「現在鐵虎已回來，你不妨先回去睡兩個時辰！」

竹葉青道：「是！」

大老闆道：「如果你床上有人在等著陪你睡覺，你也不必吃驚，也不必客氣！」

竹葉青道：「是！」

大老闆道：「不管那個人是誰都一樣！」

竹葉青道：「是！」

他立刻退了下去，既沒有問那個人是誰，也沒有問別的。大老闆說的話，他永遠只聽從，從不多問。

一直到竹葉青走出門，鐵虎還在瞪著他，握緊的雙拳上青筋凸起，眼角也在跳。

大多數人看見他眼角跳的時候，都會遠遠的躲走，能夠走多遠，就走多遠。

大老闆盯著他跳動的眼角，忽然問：「你跟我已有多久？」

鐵虎道：「五年。」

大老闆道：「不是五年，是四年九個月另二十四天。」

鐵虎的眼角不跳了，眼睛立刻露出佩服和尊敬之色。他想不到大老闆能將這種小事都記得這麼清楚，記憶力這麼好的人，通常都能令人佩服尊敬。

大老闆又問：「你知不知道小葉已跟我多久？」

鐵虎道：「他比我久！」

大老闆道：「他跟著我已有六年，六年三個月另十三天。」

鐵虎不敢開口。

大老闆道：「你跟著我，已經花了我四十七萬，已經換了七十九個女人，他呢？」

鐵虎不敢開口。

大老闆道：「你跟著我，已經花了我四十七萬，已經換了七十九個女人，他呢？」

鐵虎不知道。

大老闆道：「我已經通知過賬房，你們兩個人，不管要用多少，我都照付，可是他在這六年間，一共只用了三兩。」

鐵虎忍耐著，終於還是忍不住道：「有的人會花錢，有的人不會。」

大老闆道：「他也沒有女人。」

鐵虎又忍耐了很久，又忍不住道：「那也許只因爲他根本不是男人？」

大老闆道：「可是他替我做的事，絕不比你少。」

鐵虎不願承認，又不敢否認。

大老闆道：「他爲我做的並不是什麼可以光宗耀祖的事，他既不要錢也不要女人，你說他爲的是什麼？」

鐵虎更不敢開口。

大老闆道：「這世上除了名利和女人外，還有什麼能更令男人動心的？」

鐵虎知道，可是不敢說。

大老闆自己說了出來：「權力！」

十七 漸露端倪

——一個男人如果有了權力，還有什麼得不到的？

大老闆道：「他什麼都不要，也許只因爲他要的是我這個位子！」

鐵虎眼睛裡發出了光：「只要大老闆說一句話，我隨時都可以做掉了他！」

大老闆道：「你有把握？」

鐵虎道：「我……」

大老闆道：「我知道你的功夫，也知道你從前做掉不少有名的人！」

鐵虎不否認，也沒有謙虛。

大老闆道：「這六年，我從未要小葉參加過一次行動，因爲連我都一直認爲他沒有功夫！」

鐵虎道：「他本來就沒有！」

大老闆道：「你錯了，我也錯了。」

鐵虎道：「哦？」

大老闆道：「直到今天，我也才知他也是個高手。」

鐵虎忍不住道：「什麼高手？」

大老闆道：「用刀的高手。」

鐵虎道：「大老闆看見過他用刀？」

大老闆道：「今天我才見到，他用刀的手法，遠比我見過的任何人都好。」

——刀光一閃，就削落了金蘭花的半邊耳朵。

大老闆道：「他出刀不但快，而且準確，可是他一直都深藏不露，也許直到現在他還以為我沒看出來。」

他微笑，又道：「可是他也錯了，我就算沒有吃過豬肉，至少總看過豬走路。」

他笑得還是很和平，鐵虎卻已開始憤怒：「會用刀的人，我也不是沒有見過。」

大老闆道：「我知道，五虎斷門刀，萬勝刀，七巧刀，和太行快刀門下的高手，栽在你手下的，最少也有二三十個。」

鐵虎道：「連今天的『飛狼刀』江中，整整是三十個。」

大老闆道：「我也知道你一定可以做掉他！」

鐵虎道：「隨時都可以！」

大老闆道：「可是現在還不必。」

鐵虎道：「爲什麼？」

大老闆道：「因爲我知道他至少直到現在還沒有背叛過我。」

鐵虎道：「等到大老闆知道的時候，也許就已經太遲了。」

大老闆道：「絕不會太遲！」

鐵虎又問：「爲什麼？」

大老闆道：「因爲他也是個男人，無論什麼樣的男人在自己喜歡的女人面前，都很難保守自己心裡的秘密。」

几上有花瓶，瓶中有花。

他從瓶中摘下朵菊花嗅了嗅：「如果那個女人夠聰明，又時常在他枕邊，就算他不說，那個女人也會知道的。」

鐵虎道：「他也有喜歡的女人？」

大老闆道：「當然有。」

鐵虎道：「誰？」

大老闆道：「紫鈴！」

他知道鐵虎一定不知道紫鈴是誰，所以又解釋：「紫鈴就是那個我從淮河帶回來，嘴角上有顆痣的那個女人。」

鐵虎並不笨，立刻明白：「也就是今天在床上等著他睡覺的那個女人！」

大老闆微笑，他知道自己已讓鐵虎明白了兩件事。

——大老闆絕不是個容易對付的人，絕不容人欺騙。

——大老闆真正的心腹，只有鐵虎一個人。

他知道就憑這兩點，已足夠換取鐵虎對他的絕對忠心。他微笑著閉上眼睛，鐵虎就悄悄的退了下去，他相信鐵虎一定有法子對付阿吉。而且一定會先去找鐵手阿勇，問清楚阿吉出手的方法。

這個人在做別的事時，雖然會顯得有點粗枝大葉，可是一遇到厲害的對手，他就會變得比任何人都精明仔細。從十年前他初成名時，他殺人就很少失手過。

大老闆雖然閉著眼睛，卻彷彿已能看見阿吉在鐵虎劍下倒了下去，倒在他自己的血泊中。

屋子裡舒服而乾淨。

大老闆從不虧待自己的手下，阿勇也還沒有完全失去他的利用價值。

只不過他的手還被包紮著，而且痛得要命。

鐵虎進來的時候，他正躺在床上，希望韓大奶奶能替他找個處女來沖沖霉氣。

可是他知道現在來的一定是鐵虎。敢不敲門就闖進他屋子的，一向只有鐵虎一個人。對這一點他心裡雖然很不滿意，卻從未說出來過。他需要鐵虎這樣一個朋友，尤其是現在更需要，可是鐵虎如果死了，他也絕不會掉一滴眼淚。

鐵虎看著這隻被白布密密包紮住的手，緊緊皺著眉問：「你傷得很重？」

阿勇苦笑。他傷得當然很重，這隻手很可能永遠不能用了，可是這一點他必須保守秘密。他知道大老闆絕不會長期養著一個已沒有希望的廢物。

鐵虎道：「打傷你的人是誰？」

阿勇道：「他自己說他叫阿吉，沒有用的阿吉。」

鐵虎道：「但他卻打傷了你，殺死了大剛。」

阿勇苦笑道：「也許他在別的地方沒有用，可是他的武功卻絕對有用。」

鐵虎道：「他是用什麼打傷你的？」

阿勇道：「就用他的手！」

他本來想說是被鐵器打傷的，但是他不敢說謊，當時在場親眼目睹這件事的人還有很多。

鐵虎的濃眉皺得更緊。

他知道阿勇的鐵掌功夫使得很不錯，無論誰要赤手打傷他這隻鐵掌都很不容易。

阿勇道：「我知道你一定是想來問我，他用的是什麼功夫？」

鐵虎承認，他本就不是來探病的。

阿勇道：「只可惜我也不知道他用的是哪一門哪一派的武功。」

鐵虎目中出現怒意，道：「你練武練了二三十年，殺過的人也有不少，在江湖中也混得不錯，現在別人把你打得這麼慘，你卻連別人是用什麼功夫打傷你的都不知道？」

阿勇道：「他的出手實在太快。」

鐵虎冷笑，忽然抓起了他那隻被打傷的手，去解手上包紮著的白布。

阿勇臉色立刻變了：「你想幹什麼？」

鐵虎道：「我想看看。」

阿勇勉強笑道：「一隻手有什麼好看的？」

鐵虎道：「有。」

阿勇道：「章寶堂的大夫說，他們替我包紮得很好，叫我這兩天千萬不能去動它。」

鐵虎道：「去他媽的屁！」

阿勇閉上了嘴，因爲他手上包紮著的布已完全被解開。

看見他這隻手，鐵虎的臉色也變了。這隻練過二十年鐵掌功夫的手，現在竟已完全被擊碎。

是被三根手指擊碎的，他手背上還有著三根紫黑的指印。

——那個沒有用的阿吉，練的究竟是什麼功夫？

鐵虎忽然長長嘆了口氣，道：「不管怎麼樣，我們總算是朋友。」

阿勇陪笑道：「我們本來就是朋友。」

鐵虎道：「所以你放心，這件事我絕不會說出去的。」

阿勇笑得很勉強：「什麼事？」

鐵虎道：「你這隻手已從此廢了。」

阿勇的笑容凍結，瞳孔收縮。

鐵虎道：「只不過我就算替你保守這秘密，大老闆還是遲早會知道的，所以……你最好還是趕快給自己作個打算。」

阿勇垂下頭，忽又大聲道：「我用另外一隻手，還是一樣能爲大老闆殺人！」

鐵虎冷笑，道：「殺什麼樣的人？殺比你還沒有用的廢物？」

他忽然從身上取出疊銀票，看也不看，就全都甩給了阿勇：「這些銀子你遲早總有一天會用得著的，你好好的收著，不要一下子就花光。」

說完這句話，他就頭也不回的走了出去。

竹葉青進來的時候，銀票還攤在床上。

阿勇正在看著他發怔。

竹葉青柔聲道：「我特地來探你的病，剛巧聽見你們說的話。」

阿勇道：「你也聽見了，聽見最好。」

竹葉青道：「不管怎麼樣，他對你總算不錯。」

阿勇道：「他對我不錯，他對我簡直好極了，所以叫我把這些錢好好收著。」

他忽然大笑：「收著幹什麼？難道要我用他這點臭錢去做個小本生意？去開個小店賣牛肉麵去？」

他瘋狂般大笑，用另一隻手抓起銀票，用力摔了出去。然後他就倒在床上，失聲痛哭了起來。

竹葉青了解他這種心情，讓他哭了很久，才柔聲道：「你只管放心，好好的養傷，無論出了什麼事，我都會想法子替你應付的！」

大老闆閉著眼，從一隻溫柔的手裡，接過碗參湯飲了。

他慢慢的啜了兩口，才問：「紫鈴呢？」

「已經到葉先生那裡去了！」

「葉先生是不是已經跟她……」

「已經有過一次！」

大老闆微笑。

他相信竹葉青一定不敢違抗他的命令，無論大老闆要人做什麼事，都絕沒有人敢違抗。

於是大老闆又問：「鐵虎呢？」

「他出去了！」

「有沒有說是到哪裡去？」

「他先去看了看阿勇，現在好像是去找韓大奶奶去了。」

大老闆皺了眉，但立刻就明白了他這麼樣做的意思。

他當然不會是去找女人的。

阿吉第一次在城裡出現，就是在韓大奶奶那地方，要調查阿吉的來歷，當然要去找韓大奶奶，她知道的至少要比別人多一點。

能夠想到這一點，就證明鐵虎出手前的準備，比以前更精明仔細。於是大老闆笑得更愉快。

現在每件事都已在他控制之下，每個人都已在他掌握之中。無論誰冒犯了他，無論誰欺騙了他，都休想逃得過他的懲罰。他的懲罰一向很公平，也很可怕。

鐵虎坐在韓大奶奶對面，盯著她的眼睛，直等他認為她眼睛的醉意已不太濃，才慢慢的說道：「你應該知道我是為什麼來的。」

韓大奶奶的眼睛笑得瞇成了一條線：「我知道你這趟差使很辛苦，我這裡剛好來了一批新貨，其中還有個是原裝貨！」

鐵虎道：「我要找的不是女人！」

韓大奶奶道：「難道虎大爺最近興趣變了，想找個男人換換口味！」

鐵虎沉下臉，冷冷道：「你若醉了，我有法子可以讓你清醒清醒。」

韓大奶奶的笑容立刻凍結。

鐵虎道：「現在你是不是已經夠清醒？」

韓大奶奶道：「是的！」

鐵虎道：「現在你是不是已知道我要找的是誰？」

韓大奶奶道：「你要找的一定是阿吉，那個沒有用的阿吉。」

鐵虎道：「據說他是從你這裡出去的？」

韓大奶奶道：「他曾經在我這裡耽過一陣子！」

鐵虎道：「他是從什麼地方來的？」

韓大奶奶道：「誰也不知道他是從什麼地方來的，他來的時候就已經醉了，一連醉了好幾天，醉得人事不知。」

鐵虎盯著她，直到他認爲她並沒有說謊，才繼續問道：「你怎麼會收容他的？」

韓大奶奶道：「因爲他沒錢付賬，而且看起來一副可憐兮兮的樣子！」

鐵虎道：「而且很年輕，長得也不難看！」

韓大奶奶的臉色居然有點紅了：「可是他跟我一點關係都沒有。」

鐵虎道：「因爲他看不上你！」

韓大奶奶嘆了口氣，道：「他好像什麼女人都看不上。」

鐵虎又問：「他在你這裡做過些什麼比較特別的事？」

他每句話都問得很快，顯然早已經過周密的思慮。

韓大奶奶卻不能不先想想再回答，因爲她知道只要答錯一句，就很可能有殺身之禍的：「其實他在這裡也沒有做什麼，只不過替我們洗洗碗，倒倒茶……」

她忽然想起一件較特別的事：「他還爲我挨了幾刀。」

鐵虎道：「是誰動的刀？」

韓大奶奶道：「好像是車伕的小兄弟！」

鐵虎道：「阿吉殺了他們？」

韓大奶奶道：「沒有，他根本沒有還手。」

鐵虎的瞳孔突然收縮：「難道他就站在那裡挨那些小鬼的刀？」

韓大奶奶道：「他連動都沒有動。」

鐵虎的眼角又開始在跳。

他眼角跳的時候，並不一定表示要殺人，有時這也是他自己的凶兆。

他是在貧苦中長大的，從小就混跡在市井中，當然也挨過別人的刀。他第一次挨刀之前，眼角就在跳。

因爲那一次他惹了當地的老大，他知道自己要面對的是個很可怕的對手。

現在他眼角跳得就幾乎和那一次差不多。

——這次他即將面對的，究竟是個什麼樣的人？

——一個人用三根手指就可以敲碎阿勇的鐵掌，爲什麼要站在那裡，挨那些小鬼的刀？

——他爲什麼要忍受這種本來不必忍受的痛苦和羞辱？

韓大奶奶在嘆氣，又道：「那時候我們連做夢都想不到，他會是這樣一個人。」

鐵虎道：「依你看，他是個怎麼樣的人？」

韓大奶奶道：「看起來他好像真的很沒有用，不管你怎麼樣欺負他，他都好像不在乎，不管受了多大的氣，他都可以忍下去。」

鐵虎道：「他本來可以不必受這種氣的！」

韓大奶奶道：「我也聽說他昨天晚上殺了鐵頭大爺。」

鐵虎道：「你想他那時候爲什麼寧可受氣挨刀，也不肯出手？」

韓大奶奶沉吟，道：「也許他過去做了些很見不得人的事。」

鐵虎道：「不對！」

韓大奶奶道：「不對？」

鐵虎道：「他動也不動的站在那裡爲你挨刀，對他有什麼好處？」

十八　判若兩人

韓大奶奶道：「沒有好處。」

鐵虎道：「因爲他不爲你挨那幾刀，你還是一樣對他的！」

韓大奶奶道：「我怎麼樣對他，他根本也不太在乎。」

鐵虎道：「他不惜爲了苗子兄妹跟大老闆拚命，對他又有什麼好處？」

韓大奶奶道：「沒有好處！」

鐵虎道：「像他這樣的人，怎麼會做出見不得人的事？」

韓大奶奶不說話了，因爲她已經知道自己的判斷錯誤。

鐵虎道：「他這麼樣做，一定是受了某種打擊，忽然間對一切事都變得心灰意冷，他不惜忍受痛苦和羞辱，一定是因爲他的家世和聲名太顯赫，現在他既然已變成這樣子，就絕不能再讓別人知道他的過去。」

這些話他並不是對韓大奶奶說的，只不過是自己在對自己分析阿吉這個人。

可是韓大奶奶每個字都聽得很清楚。她一直認爲鐵虎是兇狠而魯莽的人，從未見到他如此冷靜，更從未想到他的思慮如此周密。

她認識鐵虎已有多年，直到現在才發現他還有另一面。他的兇狠和魯莽，也許都只不過是種掩護，讓別人看不出他的機智和深沉，讓別人不去提防他。

看到他冷靜的臉和銳利的眼，韓大奶奶心裡忽然有了種說不出的恐懼。直到現在，她才真正發現這個人的可怕。

她甚至已經在暗暗地爲阿吉擔心。不管阿吉究竟是什麼樣的人，這一次遇到的對手都一定遠比他自己意料中的更可怕。

這一次很可能就是他最後一戰，他以前的聲名和光榮，都可能從此隨著他永遠埋於地下。

——也許這就正是他自己心裡盼望的結果。

——在這裡死的只不過是個沒有用的阿吉，在遠方他的聲名和光榮卻必將永存。

韓大奶奶從心底嘆了口氣，抬起頭，才發現鐵虎的一雙銳眼一直在盯著她。她的心立刻發冷，直冷到腳底。

鐵虎忽然道：「其實你用不著爲他擔心的！」

韓大奶奶道：「我……」

很可能只有一個！」

鐵虎打斷她的話，道：「他一出手就殺了鐵頭，毀了鐵手，竟連一點本門功夫都沒有露出來，武功能練到這種地步的，我想來想去都不會超出五個人，像他這樣年紀的，

韓大奶奶忍不住問：「是哪一個？」

鐵虎道：「那個人本來已經死了，可是我一直都認為他絕不會死得那麼快！」

韓大奶奶道：「你認為阿吉就是他？」

鐵虎慢慢的點頭，道：「如果阿吉真的就是那個人，這一戰死的就必定是我！」

韓大奶奶心裡鬆了口氣，臉上卻一點都沒有表現出來。她已久歷風塵，當然懂得應該在什麼時候，用什麼方法表示自己對別人的關切。她輕輕握住了鐵虎的手：「那麼你為什麼一定要去為別人拚命？為什麼一定要去找他？」

鐵虎看著她肥胖多肉的手，緩緩道：「我並不一定要去。」

這次韓大奶奶真的鬆了口氣，鐵虎接著又道：「可是另外一個人卻一定要去。」

韓大奶奶道：「誰？」

鐵虎道：「你！」

韓大奶奶吃了一驚：「你要我去找阿吉？」

鐵虎道：「去帶他來見我！」

韓大奶奶想勉強笑一笑，卻笑不出：「我怎麼知道他的人在哪裡？」

鐵虎的銳眼如鷹，冷冷的盯著她：「你應該知道的，因爲他現在只有一個地方可去！」

韓大奶奶道：「什麼地方？」

鐵虎道：「這裡！」

韓大奶奶道：「他爲什麼一定會到這裡來？」

鐵虎道：「因爲他已跟大老闆約好了，今天晚上在這裡相見，他當然一定會先來看看這裡的情況，看看大老闆是不是會佈下什麼埋伏陷阱？」

他接著道：「城裡只有這裡是他最熟悉的，這裡的每個人好像都對他不錯，他可以隨便找個地方躲起來，大老闆的人一定找不到他，如果是我，也一定會這麼樣做的！」

韓大奶奶嘆道：「可惜他不是虎大爺，他沒有虎大爺這麼精明仔細！」

鐵虎冷笑。

韓大奶奶道：「虎大爺若是不相信，可以隨便去搜。」

她勉強笑了笑：「這地方虎大爺豈非熟得很？」

鐵虎盯著她：「他真的沒有來？」

韓大奶奶道：「他若來了，我怎麼會不知？」

鐵虎又盯著她看了很久，忽然站起來，大步走了出去。

日色已偏西。

韓大奶奶一個人坐在那裡怔了半天，直到她確定鐵虎已遠離此地，才慢慢的站起來，嘆息著喃喃自語：「阿吉，阿吉，你究竟是什麼人？你替自己找來的麻煩還不夠？爲什麼要替別人找來這麼多麻煩呢？」

廚房後有個破舊的小木屋，木屋裡只有一張床，一張桌，一張椅。這就是啞巴廚子的家，雖然骯髒簡陋，對他們說來，卻已無異天堂。

他們勞苦工作了一天後，只有這裡可以讓他們安安靜靜的躺下來，做他們想做的事。就在這張床上，他們度過了這一生中最甜蜜美好的時光。

她的丈夫雖然粗魯醜陋，他的妻子瘦小乾枯，但是他們卻能盡量使對方歡愉，因爲他們都知道只有這才是自己真正擁有的。他們能有什麼，就盡量享受什麼。他們對自己的生活很滿意。

現在他們夫婦就並肩坐在他們的床上，一雙手還在桌上緊緊相握。

看著他們，阿吉心裡在嘆息。

——爲什麼我就永遠不能過他們這樣的日子？

桌上有三碟小菜，居然還有酒。啞巴指酒瓶，他的妻子道：「這不是好酒，但卻是真的酒，啞巴知道你喜歡喝酒！」

阿吉沒有開口。他的咽喉彷彿已被堵塞，他知道他們過的日子多麼辛勤刻苦，爲了這兩瓶酒，他們很可能就要犧牲一件冬天的棉衣。

他感激他們對他的好意，可是今天他不能喝酒，滴酒都不能沾唇。他了解自己，只要一開始喝，就可能永無休止，直喝到爛醉爲止。今天他若醉了，就一定會死在大老闆手裡，必死無疑。

啞巴已皺起了眉，他的妻子立刻道：「你爲什麼不喝？我們的酒雖然不好，至少總不是偷來的。」

她的人看來像是個錐子。阿吉並不介意，他知道她也和她丈夫一樣，有一顆充滿了溫暖和同情的心。

他也知道對他們這樣的人，有些事是永遠都無法解釋的。所以他只有喝。他永遠無法拒絕別人的好意。

看見他乾了一杯，啞巴就笑了，立刻又滿滿的替他倒了一杯，心裡雖然有許多話要說，喉嚨裡卻只能發出一兩聲短促而嘶啞的聲音。

幸好他還有個久共患難的妻子，能了解他的心意：「啞巴想告訴你，你肯喝他的酒，就表示你看得起他，把他當做好朋友，好兄弟！」

阿吉抬頭，他看得出啞巴眼睛裡充滿了對友情的渴望，這杯酒他怎麼能不喝？

啞巴自己也喝了一杯，滿足的嘆了口氣，對他來說，喝酒已是件非常奢侈而難得的事，就正如友情一樣。

他喜歡喝酒，卻很少有酒喝，他喜歡朋友，卻從來沒有人將他當做朋友。現在這兩樣他都有了，對人生他已別無所求，只有滿足和感激。感激生命賜給他的一切。

看見他的樣子，阿吉的喉頭彷彿又被堵塞，只有再用酒才能沖下去，許多杯酒。

就在這時，韓大奶奶忽然闖了進來，吃驚的瞪著他手裡的空杯：「你又在喝酒？」

阿吉道：「喝了一點！」

韓大奶奶道：「你自己也應該知道今天不該喝酒的，爲什麼還要喝？」

阿吉道：「因爲啞巴是我的朋友。」

韓大奶奶嘆了口氣，道：「朋友，朋友一斤能值多少錢？難道比自己的命還珍貴？」

阿吉沒有回答，也不必回答。任何人都應該看得出，他將友情看得遠比生命更珍貴。

——生命本就是一片空白，本就要許許多多有價值的事去充實它，其中若是缺少了友情，剩下的還有多少？韓大奶奶自己也是喝酒的人，她了解一個酒鬼在戒酒多日後再開始喝的情況。在和大老闆、鐵虎那樣的人決戰之前，這種情況就足以令人毀滅。她忽然伸出手，抓起了桌上的酒瓶，把剩下的酒全都喝了下去。

劣酒通常都是烈酒，她眼睛裡立刻有了醉意，瞪著阿吉：「你知不知道剛才有什麼人來找過你？」

阿吉道：「鐵虎？」

韓大奶奶道：「你知不知道他是個怎麼樣的人？」

阿吉道：「是個很厲害的人！」

韓大奶奶冷笑道：「不但厲害，而且遠比你想像中還厲害得多！」

阿吉道：「哦？」

韓大奶奶道：「他不但算準了你一定在這裡，而且還猜出了你是誰？」

阿吉道：「我是誰？」

韓大奶奶道：「是個本來已經應該死了的人！」

阿吉神色不變，淡淡道：「我現在還活著。」

韓大奶奶道：「他也不相信你已死了，可是我相信。」

她大聲在叫：「我相信他一定可以讓你再死一次！」

阿吉道：「既然我已應該是個死人，再死一次又何妨？」

韓大奶奶叫不出來了。

對這麼樣一個人，她實在連一點法子都沒有，只有嘆氣：「其實鐵虎自己也承認，如果你真的就是那個人，他也不是你的對手，可是你卻偏偏要自己毀自己，偏偏要喝酒！」

說著說著，她的火氣又上來了，重重的將酒瓶摔在地上：「喝的又是這種可以叫人把老命都喝掉的燒刀子。」

阿吉臉上還是全無表情，只冷冷的說了兩個字：「出去！」

韓大奶奶跳了起來：「你知道我是這裡的什麼人？你叫我出去！」

阿吉道：「我不管你是這裡什麼人，我只知道這是朋友的家，不管誰在我朋友家裡大吵大鬧，我都要請他出去。」

韓大奶奶道：「你知不知道這個家是誰給他的？」

阿吉慢慢的站起來，面對著她：「我知道我要你出去，你就得出去！」

韓大奶奶吃驚的看著他，一步步往後退。就在這一瞬間，她才發現這個沒有用的阿吉已變成了另一個人，變得說不出的冷酷無情。他說出來的話，也變成了命令，無論誰都不敢抗拒的命令。因爲現在無論誰都已應該看得出，如果違抗了他的命令，就立刻會後悔的。

一個人絕不會變得這麼快的，只有久已習慣於發號施令的人，才會有這種懾人的威嚴。

直退到門外，韓大奶奶才敢說出心裡想說的話：「你一定就是那個人，一定是！」

只聽身後一個人冷冷道：「不是！」

韓大奶奶轉過身，就看見鐵虎。

他的臉看來就像是風化了的岩石，粗糙、冷酷、堅定。

韓大奶奶的臉卻已因恐懼而扭曲發抖：「你……你說他不是？」

鐵虎道：「不管他以前是什麼人，現在都已變了，變成了個沒有用的酒鬼！」

韓大奶奶道：「他不是，不是酒鬼！」

鐵虎道：「不管什麼人，決戰之前還敢喝酒的，都一定是個酒鬼！」

韓大奶奶道：「可是我知道江湖中也有不少酒俠，一定要喝醉了才有本事！」

鐵虎冷笑，道：「那些酒俠的故事，只能去騙騙孩子！」

韓大奶奶道：「可是我每次喝過酒之後，就會覺得膽子變大了。」

鐵虎道：「真正的好漢，用不著酒來壯膽。」

韓大奶奶道：「我喝過酒之後，力氣也會變得大些。」

鐵虎道：「高手相爭，鬥的不是力。」

韓大奶奶並不是沒有見過世面的人，當然也明白這道理。

她根本就是在故意跟鐵虎鬼扯，好分散他的注意力，造成阿吉的機會。

不管是想逃走，還是想出手，現在她都可幫阿吉造成一個機會。可是阿吉卻連動也沒有動。

鐵虎接著道：「酒能令人的反應遲鈍，判斷錯誤，高手相爭，只要有一點疏忽錯誤，就必敗無疑。」

這些話他已不是對韓大奶奶說的，他的一雙銳眼已盯在阿吉身上，一字字接著道：「高手相爭，只要有一招敗筆，就必死無救！」

阿吉臉上還是連一點表情都沒有，只淡淡的問了句：「你是高手？」

鐵虎道：「既然我已知道你是誰，你也應該知道我是誰。」

阿吉道：「我只知道你是請我吃過碗牛肉麵的人，只可惜你並沒有掏錢，付賬的還是我。」

他淡淡的接著道：「我雖然不是什麼高手，卻也不是吃白食的人！」

鐵虎盯著他，全身每一個骨節忽然全都爆竹響起，一連串響個不停。

這正是外功中登峰造極的「一串鞭」，能練成這種功夫的，天下只有兩個人。

——縱橫遼北，生平從未遇見過敵手的「風雲雷虎」雷震天。

——雄踞祁連山垂二十年的綠林大豪「玉霸王」白雲城。

「玉霸王」的霸業已成，足跡已很少再入江湖。「風雲雷虎」的行蹤本來就極詭秘，近年來更連消息都沒有了，有人說他已死在一位極有名的劍客手下，有人說他已和這位劍客同歸於盡。

——傳言中的這位劍客，據說就是天下無敵的燕十三。

另外還有一種說法是，雷震天已加入了江湖中一個極秘密的組織，成爲這個組織中的八位首腦之一。

據說他們的組織遠比昔年的「青龍會」還嚴密，勢力也更龐大。

骨節響過，鐵虎魁偉的身材彷彿又變得高大了些，突然吐氣開聲，大喝道：「你還不知道我是誰？」

阿吉嘆了口氣，道：「我只有一點不通！」

鐵虎道：「哪一點？」

阿吉道：「你本該已死在燕十三劍下的，又怎會到了這種地方來做別人的奴才走狗？」

鐵虎盯著他，忽然也長長嘆了口氣，道：「果然是你，我果然沒有看錯。」

阿吉道：「你有把握？」

鐵虎道：「放眼天下，除了你之外，還有誰敢對雷震天如此無禮？」

阿吉道：「你那大老闆也不敢？」

鐵虎不回答，又道：「近七年來，我時時刻刻都想與你決一死戰，可是我最不想見到的人也是你，因爲我從無把握能勝你！」

阿吉道：「你根本全無機會！」

鐵虎道：「可是今天我的機會已來了，最近你的酒喝得太多，功練得太少。」

阿吉不否認。

鐵虎道：「就算我今日死在你的劍下，我也算求仁得仁，死得不冤，只不過……」

他的銳眼中突然露出殺機：「只不過今日你我這一戰，無論是誰勝誰負，誰死誰活，都絕不容第三者將我們的秘密洩漏出去。」

阿吉的臉色變了。

鐵虎已霍然轉身，一拳擊出，韓大奶奶立刻被打得飛了出去。她已絕對不能再出賣任何女孩子的青春和肉體了，也絕不會再洩漏任何人的秘密。阿吉的臉色慘白，卻沒有出手攔阻。

鐵虎吐出口氣，新力又生，道：「屋子裡的兩個人，真是你的朋友？」

阿吉道：「是！」

鐵虎道：「我不想殺你的朋友，可是這兩人卻非死不可！」

阿吉道：「為什麼？」

鐵虎冷冷道：「這世上能擊敗雷震天的有幾個？」

阿吉道：「不多。」

鐵虎道：「你若勝了，想必也不願別人將這一戰的結果洩露出去。」

阿吉不能否認。只要沒有別人洩露他們的秘密，他若勝了，擊敗的只不過是大老闆手下的一個奴才而已，他若敗了，死的也只不過是個沒有用的阿吉。

阿吉活著又如何，死了又何妨？

鐵虎道：「我們的死活都無妨，我們的秘密，卻是絕不能透漏的。」

阿吉閉著嘴，臉色更蒼白。

鐵虎道：「那麼你為何還不自己動手？」

阿吉沉默了很久，才緩緩道：「我不能去，他們是我的朋友。」

鐵虎盯著他，忽然狂笑：「想當年你一劍縱橫，無敵於天下，又有誰的性命你看在眼裡？為了求勝，有什麼事你是做不出的？可是現在你卻連這麼樣兩個人都不忍下手？」

十九 管鮑之交

他仰面狂笑：「我知道你自己也曾說過，要做天下無敵的劍客，就一定要無情，現在呢？現在你已經變了，你已不再是那天下無敵的劍客，這一戰你必敗無疑。」

阿吉的雙拳突然握緊，瞳孔也在收縮。

鐵虎道：「其實你是否去殺他們，我根本不在乎，只要能殺了你，他們能往哪裡走？」

阿吉沉默。

鐵虎道：「你的人雖然變了，可是你的人仍在，你的劍呢？」

阿吉默默的俯下身，拾起了一段枯枝。

鐵虎道：「這就是你的劍？」

阿吉淡淡道：「我的人變了，我的劍也變了！」

鐵虎道：「好！」

「好」字說出口，他全身骨節突又響起。他用的功夫就是外功中登峰造極，天下無雙的絕技。

他的人就是縱橫江湖從無敵手的雷震天。他心裡充滿了信心，對這一戰，他幾乎已有絕對的把握。

夕陽紅如血。

血尚未流出。

阿吉的劍仍在手。雖然這並不是一把長的劍，只不過是彷彿柴綑中漏出的枯枝，可是一到他手裡就變了，變成不可思議的殺人利器。

就在雷震天一串鞭的神功剛剛開始發動，全身都充滿勁力和信心時，阿吉的劍已刺出，點在剛剛響起的一處骨節上。

他的出手很輕，輕飄飄的點下去，這段枯枝就隨著骨節的響聲震動，從左手無名指的第二個骨節一路跳躍過去，跳過左肘，肩井，脊椎……

一串鞭的神功一發，就正如蟄雷驚起，一發便不可收拾。

鐵虎的人卻似被這段枯枝黏住，連動都已不能動。枯枝跳過他左肩時，他臉上已無血色，滿頭冷汗如雨。

等到他全身每一處骨節都響過，停在他右手小指最後一處骨節上的枯枝，就突然化成了粉末，散入了秋風裡。他的人卻還是動也不能動的站在那裡，臉上的冷汗忽又乾透，連嘴角都已乾裂，銳眼中也佈滿血絲，盯著阿吉看了很久，才問出了一句話。他的聲音也變得低沉而嘶啞，一字字問道：「這是什麼劍法？」

阿吉道：「這就是專破一串鞭的劍法。」

鐵虎道：「好，好……」

第二個「好」字說出口，這個就在一瞬間之前還像山嶽般屹立不倒的鐵虎，卻突然開始軟癱，崩潰……

他那金剛不壞般的身子，在一剎那間就變得像是一灘泥。

枯枝化成的粉末，還在風中飛散，他的人卻已不能動了。

夕陽也淡了，阿吉惶惶的攤開掌心，被他手掌握著的一段枯枝，立刻也化成了灰，散入風中。

——這是多麼可怕的力量，不但將枯枝震成了粉末，也震麻了他的手。而他自己並沒有用一點力。力量盡是由鐵虎的骨節間發出的，他只不過因力借力，用鐵虎第一個骨節間發出來的力量和震動，打碎他自己的第二個骨節。

現在他全身骨節都已被擊碎——

被他自己的力量擊碎。阿吉若出了力，這股力量很可能就會反激出來，穿過枯枝，穿過手臂，直打入他的心臟。

——高手相爭，鬥的不是力。

鐵虎明白這道理，只可惜他低估了阿吉。

——你已變了，已不再是那天下無雙的劍客，這一戰你已必敗無疑。

驕傲豈非也像是酒一樣，不但能令人判斷錯誤，也能令人醉。

阿吉喝了酒，也給他喝了一壺——

一壺「驕傲」。

阿吉沒有醉，他卻醉了。

——高手相爭，鬥的不僅是力與技，還得要鬥智。

不管怎麼樣，勝總比敗好，爲了求勝，本就可以不擇手段的。

風迎面過來，阿吉默默的在風中佇立良久，才發現啞巴夫婦站在木屋前看著他。

啞巴眼睛裡帶著種很奇怪的表情，他的妻子卻在冷笑。

阿吉沒有開口，因爲他也正在問自己：「我究竟是個什麼樣的人？」

啞巴的妻子道：「你本來不該喝酒的，卻偏偏要喝，只因爲你早就算準鐵虎會來的，你也想殺了我們，卻偏偏不動手，只因爲你知道我們根本逃不了，否則你爲什麼要讓鐵虎殺了韓大奶奶？」

她說的話永遠比錐子還尖銳：「你故意這麼樣做，只因爲要讓鐵虎認爲你已變了，故意要讓他瞧不起你，現在你怎麼還不過來殺了我們夫妻兩個人，難道你不怕我們把你的秘密洩漏出去？」

阿吉慢慢的走過去。

啞巴的妻子掏出一錠銀子，用力摔在地上：

「飯鍋裡不會長出銀子來，我們也不想要你的銀子，現在你既不欠我們的，我們也不欠你的。」

阿吉慢慢的伸出手。

可是他並沒有去撿地上的銀子，也沒有殺他們，他只不過握住了啞巴的手。

啞吧也握住了他的手。兩個人都沒有開口，世上本就有很多事，很多情感都不是言語所能表達的。

男人們之間，也本就有很多事，不是女人所能了解的。就算一個女人已經跟一個男人患難與共，廝守了多年，也還是不能完全了解那個男人的思想和情感。

——男人又何嘗能真正了解女人？

阿吉終於道：「雖然你不會說話，可是你心裡想說的話我都知道。」

啞巴點點頭，目中已熱淚盈眶。

阿吉道：「我相信你絕不會洩漏我的秘密，我絕對信任你。」

他又用力握了握啞巴的手，就頭也不回的走了。

他不忍回頭，因為他也知道這對平凡樸實的夫婦，只怕從此都不會再過他們以前那雖刻苦卻平靜的日子了。他又不禁在心裡問自己。

——我究竟是個什麼樣的人？

為什麼總是要為別人帶來這許多煩惱？

——我這麼做，究竟是對？還是錯？

看著他走遠，啞巴目中的熱淚終於忍不住奪眶而出。

他的妻子卻在嘀咕：「他帶給我們的只有麻煩，你為什麼還要這樣對他？」

啞巴心裡在吶喊：

——因為他沒有看不起我，因為他把我當做他的朋友，除了他之外，從來沒有人真正把我當作朋友。

這一次他的妻子沒有聽見他心裡的吶喊，因為她永遠無法了解，「友情」這兩個字的份量，在一個男人心裡佔得有多重。一個真正的男人，一個真正的男子漢。

鐵虎的屍體是用一塊門板抬回來的，此刻就擺在花園中的六角亭裡，暮色已深，亭柱間的燈籠已點起。

竹葉青背負著雙手，靜靜的凝視著門板上的屍體，臉上連一點表情都沒有。對這件事，他竟似絲毫不覺驚異。直到大老闆匆匆趕來，他臉上才有些憂傷悲戚之色。

大老闆卻已經跳了起來，一看見鐵虎的屍體他就跳起來大吼：「又是那個阿吉下的毒手？」

竹葉青垂下頭，黯然道：「我想不到他這麼快就找到阿吉，更想不到會死得這麼慘。」

大老闆看不出他身上的傷，所以竹葉青又解釋：「他還沒有死之前，全身的骨節就已全都被打碎了。」

「是被什麼東西打碎的？」

「我看不出。」

竹葉青沉吟著，又道：「我只看出阿吉用的絕不是刀劍，也不是鐵器。」

大老闆立刻問：「你憑哪點看出來的？」

竹葉青道：「鐵虎衣服上並沒有被鐵器打過的痕跡，也沒有被劃破，只留著些木屑。」

大老闆瞪起了眼，道：「難道那個阿吉用的只不過是根木棍？」

竹葉青道：「很可能。」

大老闆道：「你知不知道鐵虎練的是什麼功夫？」

竹葉青道：「好像是金鐘罩，鐵布衫，十三太保橫練一類的外門功夫？」

大老闆道：「你有沒有看過他的真功夫？」

竹葉青道：「沒有。」

大老闆道：「我看過，就因為他功夫實在太強，所以我連他的來歷都沒有十分清楚，就將他收容下來。後來我才知道，他就是昔年曾在遼北橫行過一時的『雲中金剛』崔老三。」

竹葉青道：「我也聽大老闆說過。」

大老闆道：「雖然他曾經被雷震天逼得無路可走，可是我保證他的功夫絕不比那個姓雷的差太多，也絕不會比祁連山那個玉霸王差到哪裡。」

竹葉青不敢反駁。

沒有人敢懷疑大老闆的眼力，經過大老闆法眼鑑定的事，當然絕不會錯。

大老闆道：「可是現在你居然說那個沒有用的阿吉只憑一根木棍就能將他的全身骨節打碎？」

竹葉青不敢開口。

大老闆用力握緊拳頭，又問道：「他的屍身是在哪裡找到的？」

竹葉青道：「是在韓大奶奶那裡。」

大老闆道：「那裡又不是墳場，總有幾個人看見他們交手的。」

竹葉青道：「他們交手的地方，是在廚房後面一個堆垃圾和木柴的小院子裡，姑娘們都很少到那裡去，所以當時在場的，除了阿吉和鐵虎外，最多只有三個人。」

大老闆道：「哪三個？」

竹葉青道：「韓大奶奶，和一對燒飯的啞巴廚子夫妻。」

大老闆道：「現在你是不是已經把他們的人帶了回來？」

竹葉青道：「沒有。」

大老闆怒道：「爲什麼？」

竹葉青道：「因爲他們已經被阿吉殺了滅口！」

大老闆額上的青筋凸起，咬著牙道：「好，好，我養了你們這麼多人，養了你們這麼多年，你們竟連一個挑糞的小子都對付不了。」

他忽又跳起來大吼：「你們卻爲什麼還不捲起鋪蓋來走路！」

等他的火氣稍平，竹葉青才壓低聲音，道：「因爲我們還要等幾個人。」

大老闆道：「等誰？」

竹葉青的聲音更低：「等幾個可以去對付阿吉的人。」

大老闆眼睛裡立刻發出了光，也壓低聲音，道：「你有把握？」

竹葉青道：「有。」

大老闆道：「先說一個人的名字給我聽。」

竹葉青彎過腰，在他耳邊輕輕說了兩個字。

大老闆的眼睛更亮了。

竹葉青又從衣袖中拿出紙捲，道：「這就是他開給我的名單，他負責將人全都帶來。」

大老闆接過紙捲，立刻又問：「他們什麼時候可以到？」

竹葉青道：「最遲明天下午。」

大老闆長長吐出口氣，道：「好，替我安排，明天下午見阿吉。」

竹葉青道：「是。」

大老闆又拍了拍他的肩：「我就知道無論什麼事你都會替我安排好的。」

他臉上又露出微笑：「今天晚上，你可以好好的睡一覺了，明天也不妨遲些起來，那個女人……」

他沒有說下去，竹葉青已彎身陪笑道：「我知道，我絕不會辜負大老闆對我的好意！」

大老闆大笑：「好，好極了！」

鐵虎的屍身還在那裡，可是他卻連看都不再看一眼了。

大老闆剛走，鐵手阿勇就衝了進來，跪在鐵虎屍體前，放聲慟哭。

竹葉青皺起眉，道：「大丈夫有淚不輕彈，人死不能復生，你哭什麼？」

阿勇道：「我哭的不是他，是我自己！」

他咬緊牙，握緊拳：「因爲我總算看見了替大老闆做事的人，會有什麼樣的下場！」

竹葉青道：「大老闆待人並不壞。」

阿勇道：「可是現在鐵虎死了，大老闆至少也應該安排安排他的後事才對……」

竹葉青打斷他的話，道：「大老闆知道我會替他安排的！」

阿勇道：「你？鐵虎是爲大老闆死的？還是爲了你？」

竹葉青立刻捂住他的嘴，可是肅立在六角亭內外的二十幾條大漢，臉色都已變了。

誰都知道鐵虎對大老闆的忠心，誰都不願有他這樣的下場。

竹葉青卻在嘆息，道：「我不管鐵虎是爲誰死的，我只知道大老闆若是現在要我去死，我還是會立刻就去。」

夜色已臨。

竹葉青穿過六角亭的小徑，從後牆的角門出去，走入牆外的窄巷，窄巷轉角處，有扇小門。

他輕敲三聲，又輕敲兩聲，門就開了，陰暗的小院中全無燈光。

一個駝背老人關起門，上了栓。

竹葉青沉聲問：「人呢？」

駝背老人不開口，只搬起牆角一個水缸，掀起一塊石板。水缸和石板都不輕，他搬起來卻好像並沒有費什麼力氣。石板下居然有微弱的燈光露出，照著幾階石階，竹葉青已背負著雙手，慢慢的往石階上走了下去。

地窖中潮濕而陰森，角落裡縮著兩個人，赫然竟是啞巴夫妻。

他們雖然還沒有死，阿吉並沒有殺他們滅口，可是誰也不知道他們怎麼會到這裡來的。連他們自己都不知道。他們只記得腦後忽然受到一下重擊，醒來時人已在這裡。

啞巴臉上帶著怒意，因爲一醒來他的妻子就開始嘀咕：「我就知道他給我們帶來的只有麻煩和霉運，我就知道這次……」

她沒有說下去，她已經看見一個人從石階上走下來，臉上雖帶著微笑，可是在這裡微弱的燈光下看來，卻帶著種說不出的詭秘之意。她忍不住機伶伶打了個寒噤，緊緊握住她丈夫粗糙寬厚的手。

竹葉青微笑著，看著他們，柔聲道：「你們不要害怕，我不是來害你們的，只不過想來問你們幾句話！」

他隨手取出一疊金葉子和兩錠白銀：「只要你們老實回答，這些金銀就是你們的，已足夠你們開間很像樣的小飯館了！」

啞巴閉著嘴，他的妻子眼睛裡卻已不禁露出貪婪之色，她這一生中，還沒有看見過這麼多金子——

有幾個女人不喜歡黃金？

竹葉青笑容更溫和。他喜歡看別人在他面前暴露出自己的弱點，也已看出自己這方法用得絕對正確有效。

所以他立刻問：「他們在交手之前，有沒有說過話？」

「說過！」

「鐵虎本來的名字，是不是叫雷震天？『風雲雷虎』雷震天？」

「好像是的！」

啞巴的妻子道：「我好像聽他自己在說，江湖中能擊敗雷震天的人並不多！」

竹葉青微笑。

這件事鐵虎雖然騙過了大老闆，卻沒有騙過他，沒有人能騙得過他。

於是他又問：「阿吉有沒有說出自己的名字來？」

「沒有！」

啞巴的妻子道：「可是鐵虎好像已認出他是什麼人……」

啞巴一直在瞪著她，目中充滿憤怒，忽然一巴掌摑在她臉上，打得她整個人都跳了起來，潑婦似的大叫：「我跟你吃了一輩子的苦，現在有了這機會，爲什麼要放過，我憑什麼要爲你那倒楣的朋友保守秘密，他給了我們什麼好處？」

啞巴氣得全身發抖。現在這女人已不再是他溫馴的妻子，已是個爲了黃金不惜出賣一切的貪心婦人。

爲了黃金連丈夫都不認的女人，她並不是第一個，也絕不會是最後一個。

他忽然發現她以前跟著他吃苦，只不過她從未有這種像這樣的機會而已，否則很可能早已背棄了他。

這想法就像是一根針，直刺入他的心。

她還在叫！

「不讓我說，我偏要說，你若不願意享福，可以滾，滾得愈遠愈好，我……」

她沒有說完這句話，啞巴已撲上去，用力掐住了她的脖子，手臂上青筋一根根凸起。

竹葉青連一點拉他的意思都沒有，只是面帶微笑，冷冷的在旁邊看著。

等到啞巴發現自己的力氣用得太大，發現他的妻子呼吸已停頓，再放開手時，就已太遲了。

他吃驚的看著自己的一雙手，再看看他的妻子，眼淚和冷汗就一起雨點般落下。

竹葉青微笑道：「好，好漢子，這世上能一下子就把自己老婆掐死的好漢還不多，我佩服你！」

啞巴喉嚨裡發出野獸般的亂吼，轉身向他撲了過去。

竹葉青衣袖輕拂，就掠了出去，冷冷道：「殺你老婆的不是我，你找我幹什麼？」

他頭也不回的走了出去，剛走上石階，就聽見「咚」的一聲響。

只有一個人用腦袋撞在石壁上時，才會發出這種聲音。

竹葉青還是沒有回頭。對這種事，他既不覺意外，也不感悲傷，他不但早已算準了他們的下場，還有很多別的人，命運也已在他掌握之中。他對自己覺得很滿意，他一定要想個法子好好的獎勵自己。

他想到了紫鈴。

紫鈴光滑柔軟的胴體，顫動得就像一條響尾蛇，直等他完全滿足，顫動才平息。

她嘴唇還是冰冷的，鼻尖上的汗珠在燈下看來晶瑩如珠。

一個有經驗的男人只要看見她臉上的表情，就應該看出她已完全被征服。

竹葉青是個有經驗的男人，這種征服感總是能讓他感到驕傲而愉快。

他故意嘆了口氣：「看來大老闆還是比我強得多！」

紫鈴的媚眼如絲：「爲什麼？」

廿　不祥預兆

竹葉青道：「因爲像你這樣的女人，我是死也捨不得送給別人的。」

紫鈴笑了，用春蔥般的指尖，輕戳他的鼻子：「不管怎麼樣，灌米湯的本事，你總可以算天下第一。」

竹葉青道：「別的本事難道我就比別人差了？」

紫鈴媚笑道：「你若不比別人強，我怎麼會死心塌地的跟著你？」

她的笑聲如鈴：「我笑那個老烏龜，居然叫我到你這裡來做奸細，他若知道我們的事，不氣得跳樓才怪！」

竹葉青也笑了：「那也只因爲你實在太會做戲，居然能讓他以爲你最討厭我，居然能讓他做了活王八還在自鳴得意。」

紫鈴的指尖已落在他胸膛上，輕輕的劃著圈子：「可是我也弄不懂你究竟在搞什麼鬼？」

竹葉青道：「我搞了什麼鬼？」

紫鈴道：「你是不是又替那老烏龜約了一批幫手來？」

竹葉青道：「嗯！」

紫鈴道：「你約的是些什麼人？」

竹葉青道：「你有沒有聽說『黑殺』這兩個字？」

紫鈴搖搖頭，反問道：「黑殺是一個人？」

竹葉青道：「不是一個人，是一群人！」

紫鈴道：「他們為什麼要替自己取這麼不吉祥的名字？」

竹葉青道：「因為他們本來就像是瘟疫一樣，無論誰遇著他們，都很難保住性命！」

紫鈴道：「他們是些什麼樣的人！」

竹葉青道：「各式各樣的人都有，有的出身下五門，也有些是從武當、少林這些名門正派中被逐出的弟子，甚至有些是從東海扶桑島上，流落到中土來的浪人！」

紫鈴道：「難道他們每個人都有一身好功夫？」

竹葉青點點頭，道：「可是他們真正可怕的地方，不是他們的武功！」

紫鈴道：「是什麼？」

竹葉青道：「是他們既不要臉，也不要命！」

紫鈴嘆了口氣，也不能不承認：「這種人的確很難對付！」

竹葉青道：「所以你才奇怪，我爲什麼要他們來幫那老烏龜對付阿吉？」

紫鈴道：「嗯！」

竹葉青微笑道：「你爲什麼不想想，現在連鐵虎都已死了，若沒有這些人來保護他，他怎麼敢去見阿吉？阿吉若連他的面都見不到，怎麼能要他死？」

紫鈴立刻明白了他的意思，卻又忍不住問：「有了這些人來保護他，他還會死？」

竹葉青道：「只有死得更快些！」

紫鈴道：「難道連這些人都不是阿吉的對手？」

竹葉青道：「絕不是。」

紫鈴道：「所以這次他已死定了！」

竹葉青道：「大概是的。」

紫鈴跳起來，壓在他身上，忽又皺起眉，道：「可是你還忘了一點。」

竹葉青道：「哦！」

紫鈴道：「大老闆死了後，阿吉要對付的人就是你了！」

竹葉青道：「很可能！」

紫鈴道：「到了那時候，你準備怎麼辦？」

竹葉青微笑不語。

紫鈴道：「難道你已經有了對付他的法子？」

竹葉青並不否認。

紫鈴道：「你有把握？」

竹葉青道：「我幾時做過沒有把握的事？」

紫鈴鬆了口氣，用眼角瞟著他：「等到這件事一過去，你當然就是大老闆了，我呢？」

竹葉青笑道：「你當然就是老闆娘！」

紫鈴笑了，整個人壓下去，輕輕咬住了他的耳朵：「你最好記住，老闆娘只能有一個，否則……」

她的話還沒有說完，竹葉青忽然掩住了她的嘴，壓低聲音問：「誰？」

窗外人影一閃，一個沙啞冷酷的聲音回答：「是我崔老三。」

竹葉青吐出口氣：「請進來！」

窗外人影子一閃，窗戶「格」的一聲，燈光也一閃，已有個人到他們面前，燈光恰巧照著他鐵青的臉，和殘酷的嘴。

他的一雙眼睛，卻藏在斗笠下的陰影裡，盯著紫鈴赤裸的肩。

紫鈴大半個人雖已縮進被裡，可是無論誰看見她露出被外的一部分，都可以想像到她整個人都一定是完全赤裸的，也可以想像到她整個胴體都一定和她的肩同樣光滑柔軟。

她當然也知道男人們在看著她的時候，心裡在想什麼?可是她並沒有把露在被外的那部分縮進去，她喜歡男人看她。

崔老三將頭上的斗笠又壓低了些，冷冷的問：「這個女人是誰？」

竹葉青道：「她是我們自己人，沒關係！」

紫鈴的嘴揚了揚，忽然也問道：「這個崔老三，就是那個『雲中金剛』崔老三？」

竹葉青微笑點頭，道：「我們多年前在遼北道上就已認得。」

紫鈴道：「所以你早就知道鐵虎不是他。」

一提起鐵虎，崔老三的雙拳立刻握緊。

竹葉青笑道：「現在不管鐵虎是誰，都沒關係了，我已經替你殺了他。」

崔老三道：「他的屍體還在不在？」

竹葉青道：「就在外面，你隨時都可以帶走！」

崔老三「哼」了一聲，人死了之後，連屍體他都不肯放過，可見他們之間的怨毒之深。

竹葉青又問：「我要的人呢？」

崔老三道：「我說過負責帶他們來，他們就一定會來。」

竹葉青道：「九個人都來！」

崔老三道：「一個都不會少！」

竹葉青道：「在哪裡見面？」

崔老三道：「他們也喜歡女人，他們都聽說過這裡有個韓大奶奶。」

竹葉青微笑，道：「現在韓大奶奶雖已不在了，我還是保證可以讓他們滿意。」

崔老三的眼睛刀一般在斗笠下盯著他，冷冷道：「你應該讓他們滿意，因爲這已是他們最後一次。」

竹葉青皺眉道：「怎麼會是最後一次！」

崔老三冷笑道：「你自己應該知道，他們這次來，並不是來殺人，而來送死的！」

竹葉青道：「送死？」

崔老三道：「那個阿吉既然能殺鐵虎，就一定也可以殺他們！」

竹葉青又笑了：「看來我好像什麼事都瞞不過你。」

崔老三冷冷道：「我能夠活到現在，並不是全靠運氣。」

竹葉青道：「所以你一定還能活下去。」

崔老三道：「哼！」

竹葉青道：「而且我保證你一定會活得比以前更逍遙自在。」

崔老三道：「哦？」

竹葉青道：「所以別人就算真不幸死了，你也不必要傷心。」

崔老三又盯著他看了很久，才徐徐道：「我雖然也入了黑教，但那些人卻不是我的朋友！」

竹葉青道：「他們還不配做你的朋友。」

崔老三道：「我根本就沒有朋友，連一個朋友都沒有，因爲我從不相信任何人。」

竹葉青立刻明白：「所以我說的話，你也不太相信？」

崔老三冷笑。

竹葉青道：「但是我可以給你保證！」

崔老三道：「什麼保證？」

竹葉青道：「你要什麼都行！」

崔老三道：「我要你親筆寫一張字據，說明你要我做了些什麼。」

竹葉青想也不想，立刻道：「行！」

崔老三道：「我要你在明天中午之前，把十萬兩現銀存入『利源』銀號我的賬戶裡去！」

竹葉青道：「行！」

崔老三目光又忽落在紫鈴赤裸的肩頭上：「我還要這個女人。」

竹葉青又笑了：「這一點更容易，你現在就可以把她帶走！」

他忽然掀起了紫鈴身上的被，冷風從窗外吹進來，她身子又開始像蛇一般顫抖。

崔老三忽然覺得喉頭湧起一陣熱意，這女人身上的其他部分，遠比他想像中更美好。

她的身子顫抖時，雙腿已夾緊。他的咽喉彷彿也已被夾緊。

就在這時，掀起的棉被下忽然有劍光一閃，一柄劍閃電般飛出，刺入了他的咽喉。

他的雙眼立刻凸出，瞪著竹葉青。

竹葉青面不改色，淡淡道：「你一定想不到我還會用劍！」

崔老三喉嚨裡「格格」的響，卻已連一個字都說不出來。

他能活到現在並不容易，死得卻容易極了。

劍尖還帶著血。

紫鈴忽又嘆了口氣，道：「非但他想不到，連我都想不到！」

竹葉青道：「想不到我會用劍！」

紫鈴道：「你非但會用劍，而且還一定是個高手！」

竹葉青冷冷道：「現在你總該已明白了，我不但是高手，而且還是高手中的高手！」

紫鈴目中忽然露出恐懼之色，忽然撲過去抱住他，用赤裸的胴體緊貼著他道：「可是你一定知道我絕不會洩漏你的秘密，就好像我早就知道你絕不會把我送給別人一樣。」

竹葉青沉默了很久，終於伸手摟住了她的腰，柔聲道：「我知道。」

紫鈴吐出口氣道：「只要你信任我，什麼事我都替你做！」

竹葉青道：「現在我就有樣事要你做！」

紫鈴道：「什麼事？」

竹葉青道：「去替韓大奶奶招呼黑殺的兄弟，想法子要他們一切滿意，他們才會爲大老闆拚命，拚命去殺阿吉，阿吉就絕不會放過他們了！」

他忽又笑了笑：「只不過這都是明天下午的事，現在我們當然還有別的事要做。」

如果你真正征服了一個女人，她的確是什麼事都肯爲你做的。

紫鈴醒來時，只覺得全身無力，腰肢痠疼，幾乎連眼睛都睜不開。

等她張開眼睛，才發現枕畔的竹葉青已不見了，地上的血泊和屍身也不見了。

她又縮在被裡耽了很久，彷彿還在回味著昨夜的瘋狂和刺激。

可是等到她能確定竹葉青不在屋裡時，她就很快的跳了起來，只披上件長衫，就赤著足奔出。

她推開門就怔住。

一個白髮蒼蒼的駝背老人，正在門外看著他，一張滿佈刀疤的臉上，帶著種陰森而詭秘的笑聲。

紫鈴失聲道：「你是什麼人？」

駝背老人的聲音遠比崔老三還沙啞冷酷：「我是來報訊的！」

紫鈴長長吸一口氣！

「是什麼事？」

駝背老人道：「黑殺的兄弟已提早到了，正在韓大奶奶那裡等著姑娘去！」

紫鈴道：「你是不是要陪我去？」

駝背老人笑得更可怕，道：「葉先生再三吩咐，只要我離開姑娘一步，我這兩條腿就要被砍掉餵狗。」

不是楊柳府，沒有曉風殘月。

阿吉也沒有醉。

昨夜他幾乎已醉了，卻沒有醉。他走過許多賣酒的地方，他有許多次想停下來買醉，可是他忍住。

一直忍耐到午夜，他已將忍不住時，他就去找娃娃和苗子，他相信這時候去找他們一定已經很安全。

因爲大牛雖然不是個很正常的人，他的家庭卻是個很正常的家庭。

正當而平凡。

像這樣的家庭，在午夜時，都已應該睡了，都不應該再有訪客。那麼他就可以悄悄的溜進去，去握一握苗子的手，看一看娃娃的眼睛，縱然驚醒了大牛的妻子，他也可以說一聲道歉再溜走，他見過大牛的妻子，那也是個平凡而拙樸的婦人，只要自己的丈夫和兒女過得好，她就已滿足。

她們的家，就是她憑著這種愛心節省，和一雙會做針線的手買下來的。那是棟很簡陋的平房子，三間房，一個廳，丫頭住最小的一間，她和么兒陪丈夫住最大的一間，剩下的一間讓她的長子和女兒同住。

她的長子才十一歲。阿吉到他們家去過一次，送娃娃和苗子去的，看了他們的家庭，阿吉心裡不但有很多感觸，也很奇怪——爲什麼一個人有了這麼樣的一個家之後，還會去做那種事。

「我爲了養家！」

大牛解釋：「爲了要活下去，讓大家活下去，我什麼事都做！」

他說的也許是真話，也許不是，阿吉聽了心裡都覺得有點酸酸的。經過了這一段艱辛的日子後，他才發覺一個人要活下去確實不像他以前想像中那麼容易，確實要被迫做某些自己並不想做的事！雖然他只去過一次，這個家庭卻已讓他留下很深刻的印象，所以這次他再去的時候，還特地買了些糖果給他們的子女。

可是現在糖果卻已掉落在地上！因爲大牛夫妻都不在，他們的子女也不在，甚至連丫頭都不在。事實上，這棟屋子裡，只有苗子一個人癡癡的坐在客廳裡，面對著一張擺滿酒菜的桌子，兩眼發直。

客廳裡佈置得也很簡陋，神龕裡供著的是兩位無論什麼地方都沒有相同之處的神祇——觀世音菩薩和關夫子。

神龕就在這張桌子前面的牆上。一張很破舊簡陋的桌子，現在卻擺著很豐富奢侈的酒菜，絕不是他們這種人家所能負擔的酒菜。二十年陳的竹葉青，再加上從洋澄湖快馬運來的大閘蟹和紅燒魚翅。

苗子正對著這一桌酒菜發怔，一雙眼睛裡空空洞洞的，完全沒有表情。

阿吉的心立刻沉了下去。

他已從這雙空洞的眼睛裡，看出了某種不祥的預兆和災禍。

苗子只抬頭看了他一眼，忽然道：「坐。」

他對面有個空位，阿吉就坐了下去。

廿一 恐怖黑殺

苗子忽又舉杯，道：「喝！」

座前有杯，杯中有酒，阿吉卻沒有喝。

苗子板著臉，道：「這桌是特地爲你準備的，酒也是特地爲你準備的！」

阿吉道：「所以我一定要喝？」

苗子道：「一定。」

阿吉遲疑著，終於舉杯，一飲而盡：「這是竹葉青。」

苗子道：「竹葉青是好酒！」

阿吉道：「雖然是好酒，卻不是好人！」

苗子的臉立刻抽緊，耳上的銅環也開始在不停的抖。

阿吉道：「你已見到過竹葉青這個人？」

苗子咬緊牙，忽然拈起個大閘蟹，抛到他面前，道：「吃。」

剛蒸透的大閘蟹，滿滿一殼蟹黃，幾乎還是滾燙的。這桌酒菜顯然剛擺上來還不久。

難道竹葉青早已算準了阿吉要來，所以就擺好了這桌酒菜在等他？

阿吉忍不住問：「現在他的人在哪裡？」

苗子道：「誰？」

阿吉道：「竹葉青！」

苗子拿起了滿滿的一壺酒，道：「這就是竹葉青，竹葉青就在這裡！」他的手也在抖，抖得幾乎連酒壺都拿不穩。

阿吉接下酒壺，才發現自己的手竟比這錫壺還冷。他已發現自己的判斷錯誤，因爲他低估了竹葉青。

這錯誤雖然未必能令他致命，卻已一定害了別人。

又滿滿的喝了一杯酒下去，他才有勇氣問：「娃娃呢？」

苗子雙拳雖握緊，還在抖得很可怕，忽然大聲道：「你還想不想見她？」

阿吉道：「想。」

苗子道：「那麼你就最後聽我的，多吃、多喝、少問。」

阿吉果然連一句話都不再問。

苗子叫他吃，他就猛吃，苗子叫他喝，他就猛喝，芳香甘美的竹葉青喝到他嘴裡，竟似已變得又酸又苦。可是無論多酸多苦的酒，都要喝下去，就算是毒酒，他也要喝下去。

苗子看著他，一雙空空洞洞的眼睛裡，忽然有了淚光。

阿吉卻不忍看他，也不敢看他。

苗子自己也連乾了幾杯，忽然又道：「後面屋裡有床。」

阿吉道：「我知道。」

苗子道：「吃飽了，喝足了，才睡得好！」

阿吉道：「我知道！」

苗子道：「睡得好才有精神力氣，才能去殺人。」

阿吉道：「殺大老闆？」

苗子點點頭，道：「殺了大老闆，才能見得到娃娃。」

這句話說完，他眼中的淚已幾乎忍不住要流下。

阿吉的瞳孔在收縮，他把這句話又重複一遍：「殺了大老闆，才能見到娃娃。」

說完了這句話，他立刻又開始猛吃猛喝，苗子喝得也絕不比他慢，吃得也絕不比他少。

兩個人一言不發，一罈酒，一桌菜，很快就被他們一掃而空。

阿吉道：「現在我已該去睡了！」

苗子道：「你去。」

阿吉慢慢的站起來，走入後房，走到門口，又忍不住回頭去看一眼，才發現苗子已淚流滿面。

大老闆在燈下展開竹葉青交給他的紙捲，上面有九個人的名字。

白木。武當弟子，被逐出門牆後仍著道裝，佩劍，身長六尺八寸，面黃體瘦，眉角有痣。

土和尚。出身少林，頭陀打扮，身長八尺，擅伏虎羅漢神拳，天生神力。

黑鬼。關西浪子，使刀，好殺人，身長六尺，終年著黑衣。使緬刀，可作腰帶。

佐佐木。東瀛島，九洲國浪人，所使東洋刀長六尺，殘酷好殺。

江島。佐佐木之弟，擅輕功暗器，本是扶桑忍者「伊賀」傳人。

丁二郎。本爲關中豪門，敗盡家財，流浪江湖，好酒色，使劍。

青蛇。機智善變，身長六尺三寸。

老柴。年紀最長，絡腮鬍子，好酒常醉，早年即爲刺客，殺人無算，近年來卻常因貪杯誤事。

斧頭。九尺大漢，使大斧，粗魯健壯，性如烈火。

看完這九個人的名字，大老闆才輕輕嘆了口氣，抬頭：「你看怎麼樣？」

他問的是垂手肅立在他對面的一個人，這人年紀很輕，可是滿面精悍之色。

平時很少有人在大老闆身邊看到他，當然也不會知道他在大老闆心目中的地位也日漸重要，所以人人都叫他「小弟」，他自己似也忘記了本來的名字。

他一向很少說話，只有在大老闆問他的時候才開口：「看來這九個人都是殺人的好手。」

大老闆問道：「他們殺的人都不少？」

小弟道：「是。」

大老闆又問：「你看他們能不能對付那個沒有用的阿吉？」

小弟遲疑著，道：「他們有九個人，阿吉只有一雙手，他們殺的人也一定比阿吉多！」

大老闆微笑，將紙捲交給他：「明天一早就叫人分頭去接他們，只要他們的人一到，就送到韓大奶奶那裡去。」

小弟道：「是。」

大老闆道：「他們一定是分批來的，這麼樣九個人聚在一起，太引人注意。」

小弟道：「是。」

大老闆道：「要殺人，就不能引人注意。」

小弟道：「是。」

大老闆微笑著，將剛才說的話又重複一次：「你一定要記住，要殺人，就不能引人注意！」

凌晨。

早市已開，正是茶館最熱鬧的時候，茶館裡也正是大老闆的小兄弟們最活躍的地方。那其中有些人甚至連大老闆的面都未見過，可是每個人都肯爲大老闆賣命。

大老闆能夠在這裡站得住腳，就因爲有這些亡命的小夥子做他的基層部屬。

當他們聽到有人問起大老闆的時候，就全都跳了起來。

問起大老闆的這個人看來就像是一桿槍，腰上佩著的卻是一柄劍。

他很高，很瘦，穿著緊身的黑色衣服，行動矯健而剽悍。

他是騎快馬來的，跟他一起來的還有另外兩個人，看他們臉上的風塵之色，無疑趕過遠路。

快馬一停，他的人就箭一般竄入，兀鷹般的目光在人群中一掃，立刻問：「這裡有誰是大老闆的兄弟？」

當然有。

一聽見這句話，茶館裡至少有十來個人跳了起來。

黑衣人道：「你們都是？」

這附近一帶兄弟們的老大叫「長三」，立刻反問道：「你找大老闆幹什麼？」

黑衣人道：「我有點東西要賣給他！」

長三道：「什麼東西？」

黑衣人道：「我們這三條命。」

長三道：「你們準備賣多少？」

黑衣人道：「十萬兩。」

長三笑了，道：「三條命十萬兩並不貴。」

黑衣人道：「本來就不貴。」

長三沉下臉，道：「但我卻看不出你們憑什麼能值十萬兩。」

黑衣人道：「就憑我這柄劍！」

「劍」字出口，劍已出鞘，只聽「刷」的一聲，劍風破空，接著又是「叮」的一響，桌上已有三隻茶杯被劍鋒貫穿。

長劍挑起了茶杯，茶杯居然沒有碎，這一劍的力量和速度，就是不會用劍的人也該看得出來。

長三的臉色變了。

黑衣人道：「怎麼樣？」

長三道：「好，好快的劍。」

黑衣人道：「比起那個阿吉來怎麼樣？」

長三道：「阿吉？」

黑衣人道：「聽說這裡出了個叫阿吉的人，時常要跟大老闆過不去。」

長三道：「你們就是來替大老闆辦這件事的？」

黑衣人道：「好貨總得賣給識貨的。」

長三鬆了口氣，陪笑道：「我保證大老闆絕對是個識貨的人。」

只聽一個人冷冷道：「只可惜這三位仁兄卻不是好貨。」

長三怔住。

這句話並不是他的兄弟們說出來的，說話的人就在黑衣人身後。

剛才他身後明明只有兩個跟他一起來的夥伴，現在忽然已變成了三個。誰也沒有看清楚多出來的這個人是幾時來的？是從哪裡來的？

這個人也穿著身黑衣服，身材卻比這黑衣人瘦小些，站在他兩個高大健壯的夥伴之間，就好像隨時都可能被擠扁。可是他兩個高大的夥伴，卻偏偏連動也沒有動。他們本來並不是那種受了別人侮辱卻不敢出頭的人。他們都已跟隨這黑衣人多年，也曾出生入死，身經百戰。

黑衣人聽見背後的人聲，還沒有回頭，人已竄出，厲聲道：「拿下來。」

他的兩個夥伴卻連一點反應都沒有，只不過臉色變了，變得很奇怪，黑衣人回過頭，臉色也變了。

他的兩個夥伴不但臉上的顏色變了，連五官的部位都已變了，變得醜惡而扭曲，然後鮮血就從他們的耳朵、眼睛、鼻子，和嘴裡同時流了出來。

站在他們中間的這個瘦小的黑衣人，臉上卻連一點表情都沒有。

他的臉很小，眼睛也很小，眼睛裡卻帶著種毒蛇般惡毒的笑意。

毒蛇不會笑，可是如果毒蛇會笑，一定就是他這樣子。

看見他這雙眼睛，黑衣人竟忍不住機伶伶打了個冷戰，厲聲問：「是你殺了他們？」

這個有一雙毒蛇般惡眼的黑衣人冷冷道：「除了我還有誰？」

黑衣人道：「你是誰？」

這人道：「黑殺，黑鬼！」

聽見了這四個字，黑衣人臉色變得更可怕：「我姓杜，杜方！」

黑鬼道：「黑煞劍杜方？」

杜方點點頭，道：「我們一向河水不犯井水，你……」

黑鬼打斷了他的話，道：「那麼你們就不該到這裡來。」

杜方道：「難道這件事你們已接了下來？」

黑鬼道：「難道我們不能接？」

杜方道：「我知道只要是黑殺接下的事，就沒有人能插手。」

黑鬼道：「你知道就很好！」

杜方道：「但是我並不知道你們已插手！」

黑鬼道：「哦？」

杜方道：「所以你並不一定要殺人。」

黑鬼道：「一定要殺！」

杜方道：「爲什麼？」

黑鬼道：「我喜歡殺人！」

他說的是真話，無論誰只要看見他的眼睛，就應該看得出他喜歡殺人。

杜方在看著他的眼睛，兩個人的瞳孔同時收縮，杜方的劍已刺出。

這一劍的力量比剛才貫穿茶杯時更強，速度也更快，刺的是黑鬼胸膛，不是咽喉，因胸膛的目標更大，更不易閃避。可是黑鬼閃開了。

他的人一閃開，兩旁的大漢立刻迎面向杜方倒了下來。

杜方一驚抬手，黑鬼已到了他脅下。

沒有人看見黑鬼出手，只看見杜方的臉突然變了，就像是他那兩個夥伴一樣，不但臉色改變，眼鼻五官的位置也已改變，變得醜惡而扭曲，然後鮮血就從他七竅中同時流出。

茶館中立刻散出一陣臭氣，兩個人紅著臉蹲下，褲襠已濕透。

可是沒有人笑他們，因爲每個人都已幾乎被嚇破了膽。

殺人並不可怕，可怕的是他這種殺人的方式，對他來說，殺人已不僅是殺人，而是一種藝術，一種享受。

直到杜方的身子完全冰冷，黑鬼還緊貼在他脅下，享受著另一人逐漸死亡的滋味。

如果你也能感覺到緊貼在你身上的一個人身子逐漸冰冷僵硬時，你才會了解到那是種什麼樣的滋味。

也不知過了多久，長三才能移動自己的腳。

黑鬼忽然抬頭，看著他，道：「現在你已知道我是誰？」

長三垂頭道：「是。」

他不敢面對這個人，他的衣服也已被冷汗濕透。

黑鬼道：「你怕我？」

長三不能否認，也不敢否認。

黑鬼道：「我知道你一定也殺過人，爲什麼要怕我？」

長三道：「因爲……因爲……」

黑鬼道：「是因爲我殺人的方法可怕，還是因爲我喜歡殺人？」

長三不能回答，也不敢回答。

黑鬼忽然問道：「你見過白木沒有？」

長三道：「沒有。」

黑鬼道：「你若能見到他殺人，才會明白要怎樣殺人才能真正算殺人。」

長三的手裡又捏起了把冷汗。

——難道白木殺人還能比他更準確，更冷酷？

黑鬼又問：「你有沒有見過江島和佐佐木？」

長三道：「沒有。」

黑鬼道：「你若見到他們，才會明白要什麼樣的人才算喜歡殺人。」

他淡淡的接著道：「我殺人至少還有原因，他們殺人卻只不過是爲了自己高興。」

長三忍不住道：「只要他們高興，隨時都會殺人？」

黑鬼道：「隨時隨地，隨便什麼人。」

杜方也已倒下。

他倒下去後，大家才能看見他脅下的衣服已被鮮血染紅，卻還是看不見黑鬼的刀。

只有長三看見刀光一閃，就入了衣袖。

衣袖上也有血。

黑鬼忽又問道：「你知不知道血是什麼味道？」

長三立刻搖頭。

黑鬼伸出手，將衣袖送到他面前：「你只要嚐一嚐，就會知道了。」

長三又搖頭，不停的搖頭，只覺得胃在抽縮，幾乎已忍不住要嘔吐。

黑鬼冷笑，道：「難道大老闆手下，都是你這種連血都不敢嚐的膿包？」

「不是的。」

說話的人本來在門外，忽然就到了他身後。

黑鬼霍然轉身，就看見了一個長身玉立的青衫少年。

他本來的年紀一定還很輕，但面上已因苦難的磨練而有了皺紋，所以看起來遠比他的實際年齡要大得多。

黑鬼道：「你也是大老闆的手下？」

這人道：「我也是，我叫小弟。」

黑鬼道：「你嚐過血是什麼味道？」

廿二 奇幻身法

小弟彎下腰，拾起了杜方的劍，在血泊中一刺，劍尖沾血。他舐淨了，忽又反手，將自己左臂劃破道血口，鮮血湧出時，他的嘴已湊上去，然後才慢慢的抬起頭。

神色不變，淡淡道：「活人的血是鹹的，死人的血就鹹得發苦。」

黑鬼的臉色卻不禁有點變了，冷冷道：「我並沒有問你這麼多。」

小弟道：「要做一件事，就要做得確實地道。」

黑鬼道：「這話是誰說的？」

小弟道：「大老闆說的。」

黑鬼忽然大笑：「好，能夠爲他這種人做事，我們這趟來得就不算冤枉了。」

小弟躬身道：「那麼就請隨我來。」

他轉身走出去時，每個人臉上都已不禁露出尊敬之色。

只有長三的眼睛裡卻充滿了羞愧與痛苦。

他知道自己已經完了。

上午。

鬧市中的人聲突然安靜，只聽見「踢躂踢躂」的木屐聲，由遠而近，兩個人穿著五寸高的木屐，大搖大擺的走了過來。

兩個髮髻蓬鬆，像貌獰惡的扶桑浪人，寬袍大袖，其中一個人七寸寬的純絲腰帶上，斜插著一柄八尺長刀，雙手卻縮在衣袖裡。

另一人黑袍黑屐，連臉色都是烏黑的，看來更詭秘可怖。

江島和佐佐木也來了。

看見了他們，每個人都閉上了嘴，雖然沒有人認得他們，可是每個人都能感覺到他們身上帶著的那種邪惡的殺氣。連孩子們都能感覺到。

一個體態豐盈的少婦，正抱著她五個月大的孩子從「瑞德翔」的後室中走出來。瑞德翔是家很大的綢布莊，這少婦就是少掌櫃的新婚夫人，本來就是花一樣的年華，剛經過女人一生中最輝煌美麗的時期，就像是一塊本就肥腴的土地，剛經過春雨的滋潤。

一看見她，江島和佐佐木的眼睛立刻發了直。

佐佐木道：「花姑娘大大的漂亮。」

江島道：「大大的好。」

少婦本在逗著懷裡的孩子，看見了他們，一張蘋果般的臉立刻嚇得慘白。

佐佐木已衝了進去，店裡一個夥計正陪著笑迎上來，刀光一閃，左臂已被砍斷。

孩子嚇哭了，媽媽的腿已嚇得發軟。

佐佐木手裡還握著滴血的刀，獰笑道：「花姑娘不怕，我喜歡花姑娘。」

他又準備撲上去，這次已沒有人敢來阻攔，可是他的腰帶卻忽然被江島一把抓住，反手一提，手肘一撞，他的人就飛了出去。

江島大笑，道：「花姑娘是我的，你……」

一句話還沒有說完，佐佐木已凌空翻身，一刀砍了下來。

這一刀又狠又準又快，用的正是扶桑劍道中最具威力的「迎風一刀斬」！

就好像恨不得一刀就將他弟弟的腦袋砍成兩半。

這個人果然是隨時隨地都會殺人，而且隨便什麼人都殺！

可是江島也不差，就地一滾，從刀鋒下滾了出去，反手打出了三枚鐵角烏星，正是伊賀忍者常利用的獨家暗器。

這兄弟倆竟爲了一個別人的妻子，就真的拚起命來。

佐佐木長刀霍霍，每一刀砍的都是江島要害，江島的身法更怪異，滿地翻滾，各式各樣的暗器，層出不窮。

突聽「奪」的一聲，三枚鐵星被削落，長刀也被擋住。

一個又高又瘦的藍袍道人，髮髻上橫插著一根白木簪，手裡一柄青鋼劍，削落了暗器，架住了長刀，一腳把江島踢出五丈開外。揮手給了佐佐木三個耳光，冷冷道：「要找花姑娘，到韓大奶奶那裡去，有孩子的女人不是花姑娘。」

這兩個橫行霸道，窮兇惡極的扶桑浪人，見了他居然服服貼貼，垂頭喪氣的站起來，連屁都不敢放。

人叢中卻突然傳出了一聲冷笑：「這道士想必就是被人從武當山趕下來的白木了，想不到現在還是這樣的威風。」

另一人笑聲更難聽：「在自己人面前不發威，你叫他到哪裡發威去？」

白木面不改色，眉角的一顆痣卻突然開始不停跳動，冷冷道：「看來這地方倒真熱鬧得很，居然連米家兄弟也到了。」

人叢中傳出了一陣大笑：「這老雜毛好靈的耳朵。」

笑聲中，兩道劍光飛出，如驚虹交剪，一左一右刺了過來。

白木沒有動。

江島，佐佐木卻退了下去。

可是他們也沒有機會出手，兩道劍光中的人影後，還有兩條人影，就像是影子般緊貼著他們。

米家兄弟仗劍飛出，這兩個人也跟著飛了出來。

只聽一聲慘呼，劍光中血花四濺，兩個人憑空跌下，背後一柄短刀直沒入柄。

另外兩個人凌空一個翻身，才輕飄飄的落下，落在血泊中，一個人臉色發青，另一人還帶著酒意，正是丁二郎和青蛇。

丁二郎還在嘆著氣，看著地上的兩個死人，喃喃道：「原來米家雙劍也不過如此，我們一直釘在他們後面，他們竟像死人一樣，完全不知道。」

青蛇淡淡道：「所以現在他們才會真的變成死人。」

白木冷峻的臉上露出微笑，道：「青蛇輕功一向是好的，想不到二郎的輕功也有精進。」

丁二郎道：「那只因爲我暫時還不想死。」

在這種行業中，你若不想死，就得隨時隨地磨練自己。

白木微笑道：「好，說得好，這件事辦得也好！」

眨了眨眼，忽然丁二郎問道：「最好的是什麼？」

白木撫長劍，傲然道：「最好的當然還是我這把劍。」

劍已入鞘。

沒有人敢反駁這驕傲的道人，因爲沒有人能抵擋他的劍。他自己也很明白這一點，而且隨時隨地都不會忘記提醒別人。在黑殺中，他永遠是高高在上的。

忽然間，人叢中一陣驚呼騷動，四散而開，一條血淋淋的大漢，手持板斧，飛奔而來。

青蛇皺眉道：「不知道斧頭又闖了什麼禍。」

白木冷笑，道：「闖禍的只怕不是他。」

看見他們，斧頭立刻停住腳，面露喜色，道：「我總算趕上你們了。」

白木道：「什麼事？」

斧頭道：「老柴又喝醉了酒，在城外和一批河北道上鏢師幹了起來。」

白木冷笑道：「闖禍的果然又是他。」

斧頭道：「我看見的時候，他已經挨了兩下子，想不到連我加上去都不行，只好殺開一條血路闖出來找救兵。」

白木道：「哼！」

斧頭道：「那批鏢師實在扎手得很，大家再不趕去，老柴只怕就死定了。」

白木冷冷道：「那麼就讓他去死吧！」

斧頭吃了一驚：「讓他去死？」

白木道：「我們這次是來殺人的，不是來被殺的！」

白木居然真的走了，大家當然也都跟著走，斧頭站在那裡發了半天怔，終於也趕了上去。

他們當街殺人，揚長而去，街上大大小小的幾百個人，卻只能眼睜睜的看著。

沒有人敢惹他們，因爲他們有的不要臉，有的不要命。

還有的又不要臉，又不要命！

直到他們都走遠，又有個胖大頭陀，挑著根比鴨蛋還粗的精鋼禪杖，施施然從瑞德翔對面一家酒樓走了出來。

那少婦驚魂甫定，剛放下孩子，坐在櫃檯喘氣，突聽「砰」的一聲響，堅木做成的櫃檯，已被這和尚一禪杖打得粉碎。

這一杖竟似有千斤之力，再反手橫掃出去，力量更驚人。

這家已有三百年字號的綢布莊，竟被他三兩下打得稀爛，店裡十二個夥計，有的斷手，有的斷腿，也沒有幾個還能站得起來。

那少婦嚇得暈了過去。和尚一伸手，就把她像小雞般抓了起來，挾在脅下，大步飛奔而去。

看見他剛才的兇橫和神力，有誰敢攔他？和尚脅下雖然挾著一個人，還是健步如飛，頃刻間就已趕上他的同伴，轉過臉，咧開大嘴，對著白木一笑，就越過了他們，走得蹤影不見。

青蛇皺眉道：「這和尚是不是瘋了？」

白木冷冷道：「他本來就有瘋病，每隔三兩天，就要犯一次。」

佐佐木道：「他抱著的那女人，好像是剛才那個花姑娘。」

江島一句話都不說，拔腳就追。佐佐木也絕不肯落後。

突聽前面橫巷中傳出一聲慘呼，竟像是和尚的聲音。等大家趕過去時，和尚一個百把多斤重的身子，竟已被人懸空吊了起來，吊在一棵大樹上，眼睛凸出，褲襠濕透，眼淚、鼻涕、口水、大小便都一起流了出來，叫得巷子外面都可以聽到。

這和尚不但天生神力，一身外門功夫也練得不錯，卻在這片刻之間就已被人吊死在樹上，殺他的人已連影子都看不見。

白木反手握緊了劍柄，掌心已被冷汗濕透，不停的冷笑道：「好，好快的身手。」

青蛇皺眉道：「想不到附近居然還有這樣的高人，出手居然比我們還毒。」

丁二郎彎著腰，彷彿已忍不住要嘔吐。

斧頭正大吼：「你既然有種殺人，為什麼沒種出來，跟老子們見見面？」

深巷中寂無回聲，連個鬼影子都看不見。

佐佐木關心的卻不是這些，忽然問：「那個花姑娘呢？」

大家這才發現，剛才還被和尚挾在脅下的女人已不見了，那條用百煉精鋼打成，和尚連睡覺都捨不得放手的禪杖也不見了。

難道這女人竟是個深藏不露的高手？

大老闆高高的坐在一張特地從他公館搬來的虎皮交椅上，看看他面前的七個人，面帶微笑，不住點頭，顯然覺得很滿意。

竹葉青當然也笑容滿面，只要大老闆高興，他一定也很高興。

白木這些人卻好像有點笑不出，看見了那和尚的慘死，大家心裡都很不舒服。

——究竟是誰殺了他？

是不是那個女人扮豬吃了老虎？還是這附近另有高手？

竹葉青微笑道：「據說各位一進城，就做了幾件驚人的事，真是好極了。」

白木冷冷道：「一點都不好。」

竹葉青道：「可是現在城裡的人，已沒有一個不知道各位的厲害了。」

白木閉上嘴，他的同伴已全都閉著嘴，雖然每個人都有一肚子的苦水，卻連一口都吐不出。

他們本來的確是想顯點威風，先給這城市一個下馬威的，想不到自己的同伴反而先糊裡糊塗的死了一個，這種事若是說出來，豈非長他人的志氣，滅自己的威風？

斧頭忽然大吼：「氣死我了！」

竹葉青道：「斧頭兄爲何生氣？」

斧頭剛想說，看見白木、青蛇都在瞪他，立刻改口道：「我自己喜歡生氣，一高興就要生氣！」

竹葉青笑道：「那更好極了！」

斧頭瞪眼道：「那有什麼好？」

竹葉青道：「就憑閣下這一股怒氣，就足以令人心寒膽破！」

丁二郎道：「可是我就從來不生氣！」

竹葉青道：「那也好！」

事。」

丁二郎道：「有什麼好？」

竹葉青道：「平時靜如處子，動時必如脫兎，平時若是不發，發必定驚人。」

丁二郎笑了：「看來不管我們怎麼說，你總有法子稱讚我們幾句，這倒也是本事。」

竹葉青微笑道：「在下既沒有各位這樣的功夫，就只有靠這點本事混混飯吃。」

大老闆一直帶著微笑在聽，忽然說道：「各位的人已到齊了麼？」

白木道：「到齊了。」

大老闆道：「我卻記得這次來的好像應該是九位。」

白木道：「嗯。」

大老闆道：「還有兩位呢？」

白木冷冷道：「那兩個人來不來都一樣。」

大老闆道：「哦？」

白木道：「有我們七個人來了，無論做什麼都已足夠。」

大老闆道：「對付阿吉也已足夠？」

白木道：「不管對付什麼人都已足夠。」

大老闆笑了：「我知道近來道長的劍術又有精進，其餘的幾位也都是好手，只不過有件事卻總是讓我放心不下。」

白木道：「什麼事？」

大老闆微笑著揮了揮手，門外立刻出現了兩個人，抬著根精鋼禪杖大步走了進來。

白木的臉色變了。

黑殺的兄弟們的臉色全都變了。大老闆道：「各位想必是認得這根禪杖的！」

他們當然認得，這正是土和尚成名的兵器，他們已不知親眼看過多少人死在這根禪杖下。

大老闆道：「據說這根禪杖一向和土和尚寸步不離，卻不知怎會到了別人手裡？」

白木變色道：「貧道正想請教，這根禪杖是從哪裡來的？」

大老闆道：「有個人特地送來，要我轉交給各位。」

白木道：「他的人還在不在？」

大老闆道：「還在。」

白木道：「在哪裡？」

大老闆道：「就在那裡。」

他伸手一指，每個人都隨著他手指看了過去，就看見了一個人站在門外。

一個體態豐盈，柔若無骨的女人，赫然竟是「瑞德翔」綢布莊的少奶奶。

難道這女人真的是位深藏不露的高手，竟能在刹那間將土和尙吊死在樹上？

誰也看不出，誰也不相信，卻又不能不信。

江島突然狂吼，就一地滾，撲了上去，揚手發出了三枚鐵星。

少奶奶的身子一閃，已縮在門後，江島卻又一聲狂吼，仰面跌倒，胸膛上並排釘著三枚鐵星，正是他剛才自己打出去的。

白木的臉色慘白，他的同伴們手足都冰冷，門外又有個人慢慢的走了出來，赫然又是那剛生過孩子的少奶奶。

佐佐木吃驚的看著她，喃喃道：「這花姑娘果然不是花姑娘，是個女妖怪。」

少奶奶居然對他笑了笑，道：「你喜不喜歡女妖怪？」

她聲音雖然有點發抖，這一笑卻笑得甜極了。

佐佐木看得眼睛發紅，雙手緊握著刀柄，一步步走了過去。

白木低叱道：「小心。」只可惜他的警告已太遲了，佐佐木已伸開雙臂撲上去，想去摟她的腰。

他撲了個空。

少奶奶的身子又縮到門後，他剛追出去，突然一聲慘呼，一步步向後退，別人還沒有看見他的臉，已看見一截刀尖，從他後背露出，鮮血也如箭一般射出。

等他仰面倒下來時，大家才看見這柄刀。

八尺長的倭刀，從他的前胸刺入，後背穿出，又赫然正是他自己的隨身武器。

少奶奶又出現在門口，盯著他們，美麗的眼睛裡充滿悲憤與恐懼。

這次已沒有人再敢撲上去，連竹葉青的臉色都變了。

只有大老闆依舊不動聲色，淡淡道：「這就是你特地請來保護我的？」

這句話他問的是竹葉青。

竹葉青垂下了頭，不敢開口。

大老闆道：「憑他們就能夠對付阿吉？」

竹葉青臉色發白，頭垂得更低。

大老闆嘆了口氣：「我看他們連一個女人都對付不了，怎麼能……」

白木忽然打斷了他的話，厲聲道：「朋友既然來了，爲何躲在門外，不敢露面？」

大老闆道：「你是在跟誰說話？」

白木道：「門外的那位朋友。」

大老闆道：「門外有你的朋友？」

他自己搖頭，替自己回答：「絕沒有，我可以保證絕對沒有。」

門外的確寂無回應，唯一站在門外的，就是那位綢布莊的少奶奶。

她剛才還在片刻間手刃了兩個人，現卻又像是怕得要命。

白木冷笑，向他的同伴們打了個眼色。丁二郎和青蛇立刻飛身而起，一左一右，穿出了窗戶。身法輕盈如飛燕。

斧頭掄起大斧，虎吼著衝過去，眼前人影一閃，黑鬼已搶在他前面。

少奶奶又不見了。

四個人前後左右包抄，行動配合得準確而嚴密。不管門後面是不是躲著人，不管這個人是誰，都很難再逃得出他們的圍撲。尤其是黑鬼的劍，一劍穿喉，絕少失手。

奇怪的是，四個人出去了很久，外面還是連一點反應都沒有。

白木手握劍柄，額上已沁冷汗。

就在這時，「砰」的一聲響，左面的窗戶被震開，一個人飛了起來。

右面的窗戶幾乎也在同一瞬間被震開，也有個人飛了起來。

兩個人同時落下，「吧」的一聲，就像是兩口麻袋被人重重的摔在地上，赫然竟是剛才燕子般飛出去的青蛇和丁二郎。

就在他們倒下去時，斧頭和黑鬼也回過頭來，可是斧頭已沒有頭，黑鬼已真的做了鬼。

斧頭的頭是被他自己的斧頭砍下去的，黑鬼手裡已沒有劍，咽喉上卻多了個血洞。

廿三　江南慕容

白木的手還握住劍柄，額上的冷汗卻已如雨點般落下。

大老闆淡淡道：「我早就說過，門外絕沒有你們的朋友，最多只不過有一兩個要來向你們催魂買命的厲鬼而已。」

白木握劍的手背上青筋如盤蛇般凸起，忽然道：「好，很好。」

他的聲音已嘶啞：「想不到『以牙還牙，以血還血』居然也到了。」

門外突然發出了一聲短促的冷笑。

「你錯了！」

白木道：「來的難道是茅大先生？」

門外一個人道：「這次你對了。」

白木冷笑道：「好，好功夫，『以子之弟，攻子之伯』，果然不愧是江南慕容的親傳嫡系。」

說到「江南慕容」這四個字，門外忽又響起一聲野獸般的怒吼。

門外劍光一閃，白木已飛身而出，劍光如流雲般護住了全身。

竹葉青不敢跟出去，連動都不敢動，也看不見門外的人，卻聽見「格」的一聲響，一道寒光飛入，釘在牆上，竟是一截劍尖。

接著又是「格格格」三聲響，又有三截劍尖飛入，釘在牆上。

然後白木就一步步退了回來，臉上全無人色，手裡的劍已只剩下一段劍柄。

那柄百煉精鋼長劍，竟已被人一截截拗斷。

門外一個人冷笑道：「我不用慕容家的功力，也一樣能殺你！」

白木想說話，又忍住，忽然張口噴出了一口鮮血，倒下去時慘白的臉色已變成烏黑。

大老闆微笑道：「這果然不是慕容家的功夫，這是黑砂掌！」

門外的人道：「好眼力。」

大老闆道：「這一次辛苦了茅大先生。」

茅大先生在門外道：「殺這麼樣幾個無名鼠輩，怎麼能算辛苦，若撞見了仇二，這些人死得更快。」

大老闆道：「仇二先生是不是也快來了？」

茅大先生道：「他會來的。」

大老闆長長吐出了口氣，道：「仇二先生的劍法天下無雙，在下也早已久仰得很。」

茅大先生道：「他的劍法雖然未必一定是天下無敵，能勝過他的人只怕也不多。」

大老闆大笑，忽然轉臉看著竹葉青。

竹葉青臉如死灰。

大老闆道：「你聽見了麼？」

竹葉青道：「聽見了。」

大老闆道：「有了茅大先生和仇二先生拔刀相助，阿吉想要我的命，只怕還不太容易。」

竹葉青道：「是。」

大老闆淡淡道：「你若想要我的命，只怕也不太容易！」

竹葉青道：「我……」

大老闆忽然沉下臉，冷冷道：「你的好意我知道，可是我若真的要靠你請來的這幾位高手保護，今日豈非就死定了。」

竹葉青不敢再開口。

他跪了下去，筆筆直直的跪了下去，跪在大老闆面前。

他已發現這個人遠比他想像中更厲害。

大老闆卻連一眼都不再看他，揮手道：「你累了，不妨出去。」

竹葉青不敢動。就在這道門外，就有個追魂索命的人在等著，他怎麼敢出去？可是他也知道，大老闆說出來的話，就是命令，違抗了大老闆的命令，就只有死！

幸好這時院子裡已有人高呼：「阿吉來了！」

夜，冷夜。

冷風迎面吹過來，阿吉慢慢的走入了窄巷。就在半個月前，他從這條窄巷走出去時，還不知道自己將來該走哪條路。現在他已知道。

——是什麼樣的人，就得走什麼樣的路。

——他面前只有一條路可走，根本就沒有選擇的餘地。

開了大門，就可以看見一條路，蜿蜒曲折，穿入花叢。

一個精悍而斯文的青年人垂手肅立在門口，態度誠懇而恭敬：「閣下來找什麼人？」

阿吉道：「找你們的大老闆。」

青年人只抬頭看了他一眼，立刻又垂下：「閣下就是……」

阿吉道：「我就是阿吉，就是那個沒有用的阿吉。」

青年人的態度恭敬：「大老闆正在花廳相候，請。」

阿吉盯著他，忽然道：「我以前好像沒有看見過你。」

青年人道：「沒有。」

阿吉道：「你叫什麼？」

青年道：「我叫小弟。」

他忽然笑了笑：「我才真的是沒有用的小弟，一點用都沒有。」

小弟在前面帶路，阿吉慢慢的在後面跟著。

他不想讓這個年輕人走在他背後。他已感覺到這個沒有用的小弟一定遠比大多數人都有用。

走完這條花徑，就可以看見花廳左面那扇被撞碎了的窗戶，窗戶裡彷彿有刀光閃起。

刀在竹葉青手裡。

違抗了大老闆的命令，就只有死！

竹葉青忽然拔起了釘在佐佐木身上的刀——既然要死，就不如死在自己手裡。

他反手橫過刀，去割自己的咽喉。

忽然間，「叮」的一聲，火星四濺，他手裡的刀竟被打得飛了出去，「奪」的釘在窗框上，一樣東西落下來，卻是塊小石子。

大老闆冷笑，道：「好腕力，看來阿吉果然已到了。」

這句話說完，他就看見了阿吉。

雖然已睡了一整天，而且睡得很沉，阿吉還是顯得很疲倦。

一種從心底深處生出來的疲倦，就像是一棵已在心裡生了根的毒草。

他身上穿著的還是那套破舊的粗布衣裳，蒼白的臉上已長出黑滲滲的鬍子，看來非但疲倦，而且憔悴衰老。他甚至頭髮都已有很久未曾梳洗過。

可是他的一雙手卻很乾淨，指甲也修得很短，很整齊。

大老闆並沒有注意到他的手，男人們通常都很少會去注意另一個男人的手。

他盯著阿吉，上上下下打量了很多遍，才問：「你就是阿吉？」

阿吉懶洋洋的站在那裡，一點反應都沒有，根本不必要問的問題，他從不回答。

大老闆當然已知道他是誰，卻有一點想不通：「你爲什麼要救這個人？」

這個人當然就是竹葉青。

阿吉卻道：「我救的不是他。」

大老闆道：「不是他是誰？」

阿吉道：「娃娃。」

大老闆的瞳孔收縮：「因爲娃娃在他手裡，他一死，娃娃也只有死。」

他收縮的瞳孔釘子般盯著竹葉青：「你當然也早已算準他不會讓你死。」

竹葉青沒有否認。

骰子已出手，點子已打了出來，這齣戲已沒有必要再唱下去，他扮演的角色也該下台了。

現在他唯一能做的事，就是等著看阿吉擲出的是什麼點子？現在他已沒有把握賭阿吉一定能贏。

大老闆長長嘆息，道：「我一直將你當作我的心腹，想不到你在我面前一直是在演戲！」

竹葉青也承認：「我們演的本就是對手戲！」

大老闆道：「是以在落幕以前，我們兩個人之間，定有個人要死？」

竹葉青道：「這齣戲若是完全照我的本子唱，死的本該是你。」

大老闆道：「現在呢？」

竹葉青苦笑，道：「現在我扮的角色已下台了，重頭戲已落在阿吉身上。」

大老闆道：「他演的是什麼角色？」

竹葉青道：「是個殺人的角色，殺的人就是你。」

大老闆轉向阿吉，冷冷道：「你是不是一定要將你的角色演下去？」

阿吉沒有開口。

他忽然感覺到有股逼人的殺氣，針尖般刺入他的背脊。

只有真正想殺人，而且有把握能殺人的高手，才會帶來這種殺氣。

現在無疑已有這麼樣一個人到了他背後，他甚至已可感覺到自己脖子後有根肌肉突然僵硬。

可是他沒有回頭。現在他雖然只不過是隨隨便便的站著，他的手足四肢，和全身肌肉都是完全平衡協調的，絕沒有一點缺陷和破綻。

只要他一回頭，就絕對無法再保持這種狀況，縱然只不過是一刹那間的疏忽，也足以致命。他絕不能給對方這種機會。

對方卻一直在等著這種機會，花廳裡每個人都已感覺到這種逼人的殺機，每個人呼吸都已幾乎停頓，額上都冒出了汗。

阿吉連指尖都沒有動。一個人若是明知背後有人要殺他，還能不聞不動，這個人身上每根神經，都必定已煉得像鋼絲般堅韌。

阿吉居然連眼睛都閉了起來。

要殺他的人，在他背後，他用眼睛去看，也看不見。他一定要讓自己的心保持一片空靈。

他身後的人居然也沒有動。

這個人當然也是高手，只有身經百戰，殺人無算的高手，才能這樣的忍耐和鎭定，等不到機會，就絕不出手。

所有的一切都完全靜止，甚至連風都已停頓。

一粒黃豆般大的汗珠，沿著鼻樑，從大老闆臉上流落，他沒有伸手去擦。

他整個人都已如弓弦般繃緊，他想不通這兩個人爲什麼能如此沉得住氣。

他自己已沉不住氣，忽然問：「你知不知道你背後有人要殺你？」

阿吉不聽、不聞、不動。

大老闆道：「你不知道這個人是誰？」

阿吉不知道。

他只知道無論這個人是誰，現在都絕不敢出手的。

大老闆道：「你爲什麼不回頭去看看，他究竟是誰？」

阿吉沒有回頭，卻張開了眼。因爲他忽然又感覺到一股殺氣。

這次殺氣竟是從他面前來的。

他張開眼，就看見一個人遠遠的站在對面，道裝玄冠，長身玉立，背負長劍，蒼白的臉上眼角上挑，帶著種說不出的傲氣，兩條幾乎接連在一起的濃眉間，又彷彿充滿了仇恨。

阿吉一張開眼，他就停住腳。

他看得出這少年精氣勁力，都已集聚，一觸即發，一發就不可收拾。

他也不敢動，卻在盯著阿吉的一雙手，忽然問：「閣下爲什麼不帶你的劍來？」

大老闆卻忍不住問：「你看得出他是用劍的？」

阿吉沉默。

道人點點頭，道：「他有雙很好的手。」

大老闆從未注意到阿吉的手，直到現在，才發現他的手和他很不相配。

他的手太乾淨。

道人道：「這是我們的習慣。」
大老闆道：「什麼習慣？」
道人道：「我們絕不玷污自己的劍。」
大老闆道：「所以你們的手一定總是很乾淨。」
道人道：「我們的指甲也一定剪得很短。」
大老闆道：「爲什麼？」
道人道：「指甲長了，妨害握劍，只要我們一劍在手，絕不容任何妨害。」
大老闆道：「這是種好習慣。」
道人道：「有這種習慣的人並不多。」
大老闆道：「哦？」
道人道：「若不是身經百戰的劍客，絕不會將這種習慣保持很久。」
大老闆道：「能夠被仇二先生稱爲劍客的人，當然是用劍的高手。」
仇二先生道：「絕對是。」
大老闆道：「可是仇二先生的劍下，又有幾個人逃得了活口？」
仇二先生傲然道：「不多。」
他驕傲，當然有他的理由。

這半年來，他走遍江南，掌中一柄長劍，已會過了江南十大劍客中的七位，從來沒有一個人能在他劍下走過三十招的。

他的劍法不但奇詭辛辣，反應速度之快，更令人不可思議。

死在他劍下的七大劍客，每個人本都有一招致命的殺著，尤其是「閃電追風劍」梅子儀的「風雷三刺」，更是江湖少見的絕技。

他殺梅子儀時，用的就是這一招。

梅子儀的「風雷三刺」出手，他竟以同樣的招式反擊。

一個人的劍術能夠被稱爲「閃電追風」，速度之快，可想而知。

可是梅子儀的劍距離他咽喉還有三寸時，他的劍已後發先至，洞穿了梅子儀的咽喉。

大老闆的屬下，有人親眼看見過他們那一戰，根據他回來的報告：

「仇二先生那一劍刺出，在場的四十多位武林高手，竟沒有一個人能看出他是怎麼出手的，只看見劍光一閃，鮮血已染紅了梅子儀的衣服。」

所以大老闆對這個人早已有了信心。

何況現在還有江南慕容世家唯一的外姓弟子茅一雲和他互相呼應。

就算茅一雲不出手，至少也可以分散阿吉的注意力。

這一戰的勝負，幾乎已成了定局。

大老闆高坐在他的虎皮交椅上，心裡已穩如泰山，微笑道：「自從謝三少暴卒於神劍山莊，燕十三刻舟沉劍後，江湖中的劍客，還有誰能比得上仇二先生的？仇二先生若想要謝家那一塊『天下第一劍』的金字招牌，已不過是遲早間的事。」

他心情愉快時，總不會忘記讚美別人幾句，只可惜這些話仇二先生竟好像完全沒有聽見。

他一直在盯著阿吉——不是盯著阿吉的手，是阿吉的眼睛。

一聽見「仇二先生」四個字，阿吉的瞳孔突然收縮，就好像被一根針刺了進去，一根已被鮮血和仇恨染紅了的毒針。

仇二先生不認得這個落拓憔悴的青年人，甚至連見都沒有見過。他想不通這個人爲什麼會有這種表情？

他也不知道這個人爲什麼會對他的名字有這種反應。

他只知一件事——他的機會已經來了！

無論多堅強鎮定的高手，若是突然受到某種出乎意外的刺激，反應都會變得遲疑些。

現在這年輕人無疑已受到這種刺激。仇恨有時也是種力量，很可怕的力量，可是現在阿吉眼睛裡的表情並不是仇恨，而是一種無法描敘的痛苦和悲傷。這種情感只能令人軟弱崩潰。

仇二先生並不想等到阿吉完全崩潰，他知道良機一失，就永不再來。

佐佐木那柄八尺長的倭刀，還釘在窗框上，仇二先生突然反手拔出，拋給了阿吉。

他還有另一隻手。

他背後的長劍也已出鞘！

無論阿吉會不會接住這把刀，他都已準備發出致命的一擊。

他已有絕對的把握！

阿吉接住了這把刀。

他用的本來是長劍，從劍柄至劍尖，長不過三尺九寸。

廿四　地破天驚

這把刀的柄就有一尺五寸，扶桑的武士們，通常都是雙手握刀的，他們的刀法和中土完全不同，和劍法更不同。

他手裡有了這把刀，就像是要鐵匠用畫筆打鐵，書生用鐵鎚作畫，有了還不如沒有的好。

可是他接住了這把刀。

他竟似已完全失去了判斷的能力，已無法判斷這舉動是否正確。就在他的手觸及刀柄的那一刹那間，劍光已閃電般破空飛來。三尺七寸長的劍，已搶入了空門，八尺長的倭刀，根本無法施展。

劍光一閃，已到了阿吉咽喉。阿吉的手突然一抖。「格」的一聲響，倭刀突然斷成了兩截。

從剛才被石子打中的地方斬成了兩截。

石子打在刀身中間。三尺多長的刀鋒落下，還有三尺長的刀鋒突然挑起。

仇二先生的劍鋒毒蛇般刺來，距離咽喉已不及三寸，這一劍本來絕對準確而致命。

拔刀、抛出、拔劍、出手，每一個步驟，他都已算得很準。

可惜他沒有算到這一著。

「叮」的一聲，火星，刀已濺斷迎上他的劍，——不是劍鋒，是劍尖。

沒有人能在這一刹那間迎擊上閃電般刺來的那一點劍尖。

沒有人的出手能有這麼快，這麼準。

——也許並不是絕對沒有人，也許還有一個人。

但是仇二先生做夢也沒有想到阿吉就是這個人。

劍尖一震，他立刻就感覺到一種奇異的震動從劍身傳入他的手，他的臂，他的肩。

然後他彷彿又覺得有陣風吹起。

阿吉手裡的斷刀，竟似已化成了一陣風，輕輕的向他吹了過來。

他看得見刀光，也能感覺到這陣風，但卻完全不知道如何閃避招架。

——風吹來的時候，有誰能躲得開？又有誰知道風是從哪裡吹來的？

可是他並沒有絕望，因為他還有個朋友在阿吉背後等著。

江湖中大多數人都認爲仇二先生的劍法比茅大先生高，武功比茅大先生更可怕。只有他自己知道這種看法錯得多麼愚蠢可笑，也只有他自己才知道，茅大先生若想要他的命，只要一招就已足夠。

那才是真正致命的一招，那才是真正可怕的劍法，沒有人能想像那一招的速度、力量和變化，因爲根本沒有人看見過。

他和茅大先生出生入死，患難相共了多年，連他也只看過一次。

他相信只要茅大先生這一招出手，阿吉縱然能避開，也絕對沒有餘力傷人了。

他相信茅大先生現在必定已出手！

因爲就在這間不容髮的一瞬間，他已聽見了聲低叱：「刀下！」叱聲響起，風聲立刻停頓，刀光也同時消失，茅大先生掌中的劍，已到了阿吉後頸。

劍氣森寒，就像是遠山之巔上亙古不化的冰雪，你用不著觸及它，就可以感覺到那種尖針般的寒意，令你的血液和骨髓都冷透。

劍本來就是冷的，可是只有真正高手掌中的劍，才會發出這種森寒的劍氣。

一劍飛來，驟然停頓，距離阿吉頸後的大血管已不及半寸。

他的血管在跳動。血管旁那根本已抽緊的肌肉也在跳動。

他的人卻沒有動。他動時如風，不動時如山嶽。可是山嶽也有崩潰的時候。

他的嘴唇已乾裂，就像是山峰上已被風化龜裂的岩石。他的臉也像是岩石般一點表情都沒有。

難道他不知道這柄劍只要再往前刺一寸，他的血就必將流盡？

難道他真的不怕死？

不管他是不是真的不怕死，這次都已死定了！

仇二先生長長吐出口氣，大老闆也長長吐出口氣，只等著茅大先生這一劍刺出。

茅大先生眼睛一直盯在他脖子後那條跳動的血管上，眼睛裡卻帶著種奇怪的表情，彷彿充滿了怨毒，又彷彿充滿了痛苦。

他這一劍爲什麼還不刺出去？他還在等什麼？

仇二忍不住道：「你用不著顧忌我！」

阿吉掌中的斷刀，還在他咽喉前的方寸之間，可是他掌中還有劍：「我有把握能躲開這一刀。」

茅大先生沒有反應。

仇二道：「就算我躲不開，你也一定要殺了他！這個人不死，就沒有我們的活路，我們不能不冒險一搏。」

大老闆立刻道：「這絕不能算是冒險，你們的機會比他大得多。」

茅大先生忽然笑了，笑容也像他的眼色同樣奇怪，就在他開始笑的時候，他的劍已刺出，從阿吉頸旁刺了出去，刺入了仇二的肩。

「叮」的一聲，仇二手中的劍落地，鮮血飛濺，濺上了他自己的臉。

他的臉已因驚訝憤怒而扭曲。

大老闆也跳了起來。

誰也想不到這變化，誰也不知道茅大先生爲什麼要這樣做。

也許只有他自己和阿吉知道。

阿吉的臉上還是全無表情，這變化竟似早已在他意料之中。

可是他的眼睛裡偏偏又充滿了痛苦，甚至比茅大先生的痛苦還深。

劍光一閃，劍已入鞘。

茅大先生忽又長長嘆了口氣，道：「我們是不是已有五年不見了？」

這句話竟是對阿吉說的，看來他們不但認得，而且還是多年的老友。

茅大先生又道：「這些年來，你日子過得好不好？有沒有什麼病痛？」

多年不見的朋友，忽然重聚，當然要互問安好，這本來是句很普通的話。可是這句話從他嘴裡說出來，卻又彷彿充滿了痛苦和怨毒。阿吉的雙拳緊握，非但不開口，也不回頭。

茅大先生道：「我既然已認出了你，你為什麼還不肯回頭，讓我看看你？」

阿吉忽然也長長嘆息，道：「你既然已認出了我，又何必再看？」

茅大先生道：「那麼你至少也該看看我已變成了什麼樣子。」

他的聲音雖然說得很輕，卻偏偏又像是在嘶聲吶喊。

阿吉終於回過頭，一回過頭，他的臉色就變了。站在他面前的，只不過是個白髮蒼蒼的老人而已，並沒有什麼奇特可怖的地方。可是阿吉臉上的表情，卻遠比忽然看見洪荒怪獸還吃驚。

茅大先生又笑了，笑得更奇怪：「你看我是不是已變得很多？」

阿吉想說話，卻沒有聲音發出。

茅大先生道：「我們若是在路上偶然相逢，你只怕已不會認得出我來。」

他忽然轉過臉，去問大老闆：「你是不是在奇怪，他看見我為什麼會如此吃驚？」

大老闆只有點頭，他實在猜不透這兩人之間究竟是什麼關係？

茅大先生又問道：「你看他已有多大年紀？」

大老闆看著阿吉，遲疑著道：「二十出頭，不到三十。」

少。

茅大先生道：「我呢？」

大老闆看著他滿頭蒼蒼白髮，和臉上的皺紋，心裡雖然想少說幾歲，也不能說得太少。

茅大先生道：「你看我是不是已有六十左右？」

大老闆道：「就算閣下真的已有六十歲，看起來也只有五十三四。」

茅大先生忽然大笑。

就好像從來也沒有聽過比這更可笑的事，但是他的笑聲聽來卻又偏偏連一點笑意都沒有，甚至有幾分像是在哭。

大老闆看看他，再看看阿吉：「難道我全都猜錯了？」

阿吉終於長長吐出口氣，道：「我是屬虎的，今年整整三十二。」

大老闆道：「他呢？」

阿吉道：「他只比我大三歲。」

大老闆吃驚的看著他，無論誰都絕對看不出這個人今年才三十五：「他為什麼老得如此快？」

阿吉道：「因為仇恨。」

太深的仇恨，就正如太深的悲傷一樣，總是會令人特別容易衰老。

大老闆也明白這道理，卻又忍不住問：「他恨的是什麼？」

阿吉道：「他恨的就是我！」

大老闆也長長吐出口氣，道：「他爲什麼要恨你？」

阿吉道：「因爲我帶著他未過門的妻子私奔了！」

他臉上又變得全無表情，淡淡的接著道：「那次我本來是誠心去賀喜的，卻在他們訂親的第二天晚上，帶著他的女人私奔了。」

大老闆道：「因爲你也愛上了那個女人？」

阿吉沒有直接回答這句話，卻冷冷道：「就在我帶她私奔的半個月之後，我就甩了她。」

大老闆道：「你爲什麼要做這種事？」

阿吉道：「因爲我高興！」

大老闆道：「只要你高興，不管什麼事你都做得出？」

阿吉道：「是的！」

大老闆又長長吐出口氣，道：「現在我總算明白了。」

阿吉道：「明白了什麼事？」

大老闆道：「他剛才不殺你，只因爲他不想讓你死得太快，他要讓你也像他一樣，受盡折磨，再慢慢的死。」

茅大先生的笑聲已停頓，忽然大吼：「放你媽的屁！」

大老闆怔住。

茅大先生握緊雙拳，盯著阿吉，一字字道：「我一定要你看看我，只因爲我一定要你明白一件事。」

阿吉在聽。

茅大先生道：「我恨的不是你，是我自己，所以我才會將自己折磨成這樣子。」

阿吉沉默著，終於慢慢的點了點頭，道：「我明白。」

茅大先生道：「你真的已明白？」

阿吉道：「真的！」

茅大先生道：「你能原諒我？」

阿吉道：「我……我早已原諒你。」

茅大先生也長長吐出口氣，好像已將肩上壓著的一副千斤擔放了下來。

然後他就跪了下去，跪在阿吉面前，喃喃道：「謝謝你，謝謝你……」

仇二先生一直在吃驚的看著他，忍不住怒吼：「他拐走了你的妻子，又始亂終棄，你反而求他原諒你，反而要謝謝他，你……你……你剛才爲什麼不讓我一劍殺了他？」

剛才他的劍已在動，已有了出手的機會，他看得出阿吉已經被他說的話分了心，卻想不到他的朋友反而出手救了阿吉。

茅大先生輕輕嘆息，道：「你以爲剛才真的是我救了他？」

仇二怒道：「難道不是？」

茅大先生道：「我救的不是他，是你，剛才你那一劍出手，就死無葬身之地了。」

他苦笑，又接著道：「就算我也忘恩負義，與你同時出手，也未必能傷得了他毫髮。」

仇二的怒氣已變爲驚訝。

他知道他這朋友不是個會說謊的人，卻忍不住道：「剛才我們雙劍夾擊，已成了天地交泰之勢，他還有法子能破得了？」

茅大先生道：「他有。」

他臉上竟露出了尊敬之色：「世上只有他一個人，只有一種法子。」

仇二面容驟然變色，道：「天地俱焚？」

茅大先生道：「不錯，地破天驚，天地俱焚。」

仇二失聲道：「難道他就是那個人？」

茅大先生道：「他就是。」

仇二先生踉蹌後退，彷彿已連站都站不住了。

茅大先生道：「我生平只做了一件罪無可赦的事，若不是一個人替我保守了秘密，我也早就已死無葬身之地了。」

仇二道：「他也就是這個人？」

茅大先生道：「是的。」

他慢慢的接著道：「已是多年前的往事了，這些年來，我也曾見過他，可是他卻從未給過我說話的機會，從未聽我說完過一句話，現在……」

現在他這句話也沒有說完。

突然間，一道寒光無聲無息的飛來，一截三尺長的斷刀，已釘入了他的背。

鮮血濺出，茅大先生倒下去時，竹葉青彷彿正在微笑。

出手的人卻不是他。出手的人沒有笑，這少年平時臉上總是帶著種很可愛的微笑，現在卻沒有笑。

看見他出手，大老闆先吃了一驚，阿吉也吃了一驚。

仇二不但吃驚，而且憤怒，厲聲道：「這個人是誰？」

這少年道：「我叫小弟。」

他慢慢的走過來：「我只不過是個既沒有名，也沒有用的小孩子而已，像你們這樣的大英雄、大劍客，當然不會殺我的。」

仇二怒道：「殺人者死，不管是誰殺了人都一樣。」

他已拾起了他的劍。

小弟卻還是面不改色，悠然道：「只有我不一樣，我知道你絕不會殺我的。」

仇二的劍已在握，忍不住問：「爲什麼？」

小弟道：「因爲只要你一出手，就一定有人會替我殺了你！」

他在看著阿吉，眼色很奇怪。

阿吉也忍不住問：「誰會替你殺他？」

小弟道：「當然是你。」

阿吉道：「我爲什麼要替你殺人？」

小弟道：「因爲我雖然既沒有名，也沒有用，卻有個很好的母親，而且跟你熟得很！」

阿吉的臉色變了：「難道你母親就是……就是……」

他的聲音嘶啞，他已說不出那個名字，那個他一直都想忘記，卻又永遠忘不了的名字。

小弟替他說了出來。

「家母就是江南慕容世家的大小姐，茅大先生的小師妹……」

竹葉青面帶微笑，又替他說了下去：「這位大小姐的芳名，就叫做慕容秋荻。」

阿吉的手冰冷，直冷入骨髓。

小弟看著他，淡淡道：「家母再三囑咐我，若有人敢在外面胡言亂語，毀壞慕容世家的名聲，就算我不殺他，你也不會答應的，何況這位茅大先生本就是慕容家的門人，我這麼做，只不過是替家母清理門戶而已。」

阿吉用力握緊雙拳，道：「你母親幾時做了慕容家的執法掌門！」

小弟道：「還沒有多久。」

阿吉道：「她爲什麼不將你留在身旁？」

小弟嘆了口氣，道：「因爲我是個見不得人的孩子，根本沒資格進慕容家的門，只有寄人籬下，做一個低三下四的。」

阿吉的臉色又變了，眼睛裡又充滿了痛苦和悲憤，過了很久，才輕輕的問：「你今年已有多大年紀？」

小弟道：「我今年才十五。」

大老闆又吃了一驚，無論誰都看不出這少年才只不過是個十四五歲的孩子。

小弟道：「我知道別人一定看不出我今年才只十五歲，就好像別人也看不出這位茅大先生今年才三十五一樣。」

他忽然笑了笑，笑容顯得很淒涼：「這也許只不過因爲我的日子比別人家的孩子過得苦些，所以長得也就比別人快些。」

痛苦的經驗確實本就最容易令孩子們成熟長大。

仇二看著他，又看看阿吉，忽然跺了跺腳，抱起他朋友的屍身，頭也不回的走了出去。

大老闆知道他這一走，自己只怕也得走了，忍不住道：「二先生請留步。」

小弟冷冷道：「他明知今生已復仇無望，再留下豈非更無趣？」

這是句很傷人的話，江湖男兒流血拚命，往往就是爲了這麼樣一句話。可是現在他卻算準了仇二就算聽見了，也只好裝作沒有聽見，因爲他說的的確是不容爭辯的事實。

所以他想不到仇二居然又退了回來，一走出門，就退了回來，一步步往後退，慘白的臉上帶著種很奇怪的表情，卻不是悲傷憤怒，而是驚惶恐懼。

他已不再是那種熱血衝動的少年，也絕不是個不知輕重的人。他的確不該再退回來的，除非他已只剩下這一條退路。

小弟嘆了口氣，喃喃道：「明明是個聰明人，爲什麼偏偏要自討無趣？」

門外一人冷冷道：「因爲他已無路可走。」

聲音本來還很遠，只聽院子裡的石板地上「篤」的一響，就已到了門外。

接著又是「篤」的一響，門外這個人就已經到了屋子裡，左邊一隻衣袖空空蕩蕩的束在腰帶上，右腿已被齊膝砍斷，裝著隻木腳，左眼上一條刀疤，從額角上斜掛下來，深及白骨，竟是個獨臂單眼單足的殘廢。像這樣的殘廢，樣子本來一定很醜陋獰惡，這個人卻是例外。他不但修飾整潔，衣著華麗，而且還是個很有魅力的男人，就連臉上的那條刀疤，都彷彿帶著種殘酷的魅力。他的衣服是純絲的，胖腰的玉帶上，還斜斜插著柄短劍。

屋子裡有活人，也有死人，可是他卻好像全都沒有看在眼裡，只冷冷的問：「誰是這裡的主人？」

大老闆看著阿吉，又看看竹葉青，勉強笑道：「現在好像還是我。」

獨臂人眼角上翻，傲然道：「有客自遠方來，連個坐位都沒有，豈非顯得主人太無禮？」

廿五　捨我其誰

大老闆還在遲疑，竹葉青已陪著笑搬張椅子過去：「貴客尊姓？」

獨臂人根本不理他，卻伸出了四根手指。

竹葉青依舊陪笑，道：「貴客莫非還有三位朋友要來？」

獨臂人道：「哼。」

竹葉青立刻又搬過三張椅子，剛擺成一排，已有兩個人從半空中輕飄飄落了下來。

一個人不但身法輕如落葉，一張臉也像枯葉般乾癟無肉，腰帶上插著根三尺長的枯竹，整個人看來都像是根枯竹。

可是他的衣著更華麗，神情更倨傲，屋子裡的人無論是死是活，在他眼裡看來都好像是死的。

另外一個人卻是個笑口常開的胖子，一隻白白胖胖的手上帶著三枚價值連城的漢玉戒指，指甲留得又尖又長，看起來就像是隻貴婦人的手。這麼樣一雙手當然不適於用劍，這麼樣一個人也不像是會輕功的樣子。可是他剛才從半空中飄落時，輕功絕不比那枯竹般的老者弱。

看見這三個人，仇二已面如死灰。

門外卻還有人在不停的咳嗽著，一面慢慢的走了進來，竟是個衣著破舊、彎腰駝背、滿臉病容的老和尚。

看見這老和尚，仇二更面無人色，慘笑道：「好得很，想不到連你也來了。」

老和尚嘆了口氣，道：「我不來誰來？我不入地獄誰入地獄？」

他說話也是有氣無力，不但像是有病，而且病了很久，病得很重，可是現在無論誰都已看得出他必定極有身分，極有來歷。

大老闆當然也有這種眼力，他已看出這和尚很可能就是他唯一的救星。不管怎麼樣，出家人心腸總是不會太硬的。所以大老闆居然也恭恭敬敬的站了起來，陪笑道：「幸好這裡不是地獄，大師既然到了這裡，也就不必再受那十方苦難。」

老和尚又嘆了口氣，道：「這裡不是地獄，哪裡是地獄？我不來受苦，誰來受苦？」

大老闆勉強笑道：「到了這裡，大師還要受什麼苦？」

老和尚道：「降魔也苦，殺人也苦。」

大老闆道：「大師也殺人？」

老和尚道：「我不殺人誰殺人？不殺人又何必入地獄？」

大老闆說不出話了。

獨臂人忽然問：「你知道我是誰？」

大老闆搖頭。

無論誰當了他這樣的大老闆之後，認得的人都一定不會太多。

獨臂人道：「你應該知道我是誰的，像我這樣只有單眼、單手、單腿的人，卻能用雙劍的，只怕還沒有幾個。」

他並沒有自誇，像他這樣的人江湖中很可能連第二個都找不出。唯一的一個就是江南十大名劍中排名第三的「燕子雙飛」單亦飛。

大老闆當然也知道這個人：「是單大俠！」

獨臂人傲然道：「不錯，我就是單亦飛，我也是來殺人的。」

那乾瘦老者立刻接著道：「還有我柳枯竹。」

枯竹劍也是江南的名劍客，江湖十劍中，已有七個人毀在仇二劍下。

單亦飛冷冷道：「我們今天要來殺的是什麼人，我不說想必你也知道！」

大老闆長長吐出口氣，陪笑道：「幸好各位要來殺的不是我。」

單亦飛道：「當然不是你。」這句話還未說完，他的人已躍起，劍已出鞘，劍光一閃，直刺仇二。

仇二也已拾起了他的劍，揮劍還擊。

「叮」的一聲，雙劍交擊，兩道劍光忽然改變方向，向大老闆飛了過去。

大老闆臉上的笑容還未消失，兩柄劍已洞穿了他的咽喉和心臟。

沒有人能想到這變化，也沒有人阻攔。

因爲就在雙劍相擊的同一剎那間，竹葉青已被老和尚擊倒。也就在這同一剎那間，枯竹劍和那笑口常開的中年胖子已到了小弟身旁。枯竹劍的劍還未及出鞘，一柄劍已横闖小弟左肋。小弟想往前竄，仇二和單亦飛的劍卻迎面向他飛了過來。他只有往右閃，一雙貴婦人般的纖纖玉手已在等著他，軟綿綿的指甲忽然彈起，十根指尖，就像是十柄短劍，已到了他的咽喉眉間。

他已無路可退，已經死定了。

可是阿吉不能讓他死，絕不能。

枯竹中的藏劍剛剛出鞘，眼前突然有人影一閃，手裡的劍已到了別人手裡，劍光再一閃，劍鋒已到了他的咽喉。劍鋒並沒有刺下去，因爲那中年胖子的指甲也沒有刺下去。

每個人的動作都已停頓，每個人都在盯著阿吉手裡的劍。

阿吉卻在盯著那十根如劍般的指甲。這一瞬間的時光過得彷彿比一年還長，老和尚終於長長嘆息，道：「閣下好快的出手。」

阿吉淡淡道：「我也會殺人。」

老和尚道：「這件事和閣下有沒有關係？」

阿吉道：「沒有。」

老和尚道：「那麼閣下何苦多管閒事？」

阿吉道：「因爲這個人和我有點關係。」

老和尚看看小弟，又看看那雙貴婦人的手，嘆息著道：「閣下若是一定要救他，只怕難得很。」

阿吉道：「爲什麼？」

老和尚道：「因爲那雙手。」

他慢慢的接著道：「那就是『點鑽成金，點活成死』的富貴神仙搜魂手。閣下就算殺了柳枯竹，那位少年施主也必死無疑。」

阿吉道：「難道你們不惜以柳枯竹的一條命，換他的一條命？」

老和尚的回答很乾脆：「是的。」

阿吉臉色變了，道：「他只不過還是個孩子，你們為何一定要置他於死地？」

老和尚突然冷笑，道：「孩子？他只不過是個孩子？像這樣的孩子世上只怕還不多。」

阿吉道：「他今年還不到十五。」

老和尚冷冷道：「那麼我們就絕不容他活到十六。」

阿吉道：「為什麼？」

老和尚不回答，卻反問道：「你知不知道『天尊』？」

阿吉道：「天尊？」

老和尚又嘆了口氣，慢慢的唸出了八句偈：「天地無情。鬼神無眼。萬物無能。壯民無知。生死無常。禍福無門。天地幽冥，唯我獨尊。」

阿吉道：「這是誰說的？好大的口氣。」

老和尚道：「這就是『天尊』開宗立派的祝文，連天地鬼神都沒有被他們看在眼裡，何況是人？他們的所作所為，也就可想而知了。」

仇二道：「他們勢力的龐大，已不在昔年的青龍會之下，可惜江湖中偏偏還有我們這幾個不信邪的人，偏偏要跟他們拚一拚。」

單亦飛道：「所以江南十劍和仇二之間的一點私仇，已變得算不了什麼，只要能消滅他們的惡勢力，單某連頭顱都可拋卻，何況一點私仇而已！」

仇二道：「這地方的惡勢力幫會，就是『天尊』屬下的一股支流。」

老和尚道：「我們暫時還不可能剷除他們的根本，就只有先從小處著手！」

仇二道：「你要救的這孩子，就是『天尊』派到這裡來的！」

老和尚道：「天尊的命令，全都由他在暗中指揮操縱，大老闆和竹葉青都只不過是他的傀儡而已。」

他慢慢的接著道：「現在你總該已明白我們爲何不能放過他。」

阿吉的臉色慘白。以江南十劍的名聲地位，當然不會故意傷害一個孩子。他們說的話，他實在不能不信。

老和尚道：「現在你既然已明白了，是不是還想救他？」

阿吉道：「是的。」

老和尚的臉色也變了。

阿吉不等他開口，又問道：「他是不是天尊的首腦？」

老和尚道：「當然不是。」

阿吉道：「天尊的首腦是誰？」

老和尚道：「天尊的首腦，就叫做天尊。」

阿吉道：「若有人用天尊的一條命，來換這孩子的一條命，你們肯不肯？」

老和尙道：「當然肯，只可惜就算我們肯，這交易也是一定做不成的。」

阿吉道：「爲什麼？」

老和尙道：「因爲沒有人能殺天尊，沒有人是他的對手。」

他的聲音忽然停頓，臉上忽然露出種很奇怪的表情，心神此刻像是忽然飄到了遠方，過了很久，才慢慢的接著道：「也許還有一個人。」

阿吉道：「誰？」

老和尙道：「三……」

他只說出了一個字，又停住，長長嘆息道：「只可惜這個人已不在人世了，說出來也無用！」

阿吉道：「可是你說出來又有何妨？」

老和尙眼神彷彿又到了遠方。喃喃道：「天上地下，只有這麼樣獨一無二的一個人，獨一無二的一把劍，只有他的劍法，才眞是獨步千古，天下無雙。」

阿吉道：「你說的是……」

老和尙道：「我說的是三少爺。」

阿吉道：「哪一位三少爺？」

老和尚道：「翠雲峰，綠水湖，神劍山莊的謝家三少爺謝曉峰。」

阿吉臉上忽然也露出種奇怪的表情，心神也彷彿到了遠方，過了很久，才一字字道：「我就是謝曉峰！」

天上地下，只有這麼樣一個人。

他不但是天下無雙的劍客，也是位才子，自從他生下來，他得到的光榮和寵愛，就沒有人能比得上。他聰明英俊、健康強壯，就算恨他的人，也不能不佩服他。無論誰都知道謝曉峰就是這麼樣一個人，可是又有誰能真正了解他？

是不是有人了解他都無妨。有些人生下來本就不是爲了要讓人了解的，就像是神一樣。

就因爲沒有人能了解神，所以祂才能受到世人的膜拜和尊敬。

在世人心目中，謝曉峰幾乎已接近神。

阿吉呢？

阿吉只不過是個落拓江湖的浪子，是個沒有用的阿吉。

謝曉峰怎麼會變成阿吉這麼樣一個人，可是現在他卻偏偏要說：「我就是謝曉峰！」

他真的是？

老和尚笑了，大笑：「你就是謝家的三少爺謝曉峰？」

阿吉道：「我就是。」

他沒有笑。這是他的秘密，也是他的痛苦，他本來寧死也不願說的，可是現在他說了。因爲他不能讓小弟死，絕不能。

老和尚的笑聲終於停住，冷冷道：「可是江湖中每個人都知道他已死了。」

阿吉道：「他沒有。」

他的眼睛裡充滿了悲傷和痛苦：「也許他的心已死了，可是他的人並沒有死。」

老和尚盯著他，道：「就因爲他的心已死了，所以才會變成阿吉？」

阿吉慢慢的點了點頭，黯然道：「只可惜阿吉的心還沒有死，所以謝曉峰也不能不活下去。」

仇二忽然道：「我相信他。」

老和尚道：「爲什麼相信？」

仇二道：「因爲除了謝曉峰之外，沒有人能讓茅一雲屈膝。」

柳枯竹道：「我也相信。」

老和尙道：「爲什麼？」

柳枯竹道：「因爲除了謝曉峰外，我實在想不出還有別人能在一招內奪下我的劍！」

老和尙道：「你呢？」

他問的是富貴神仙手。

神仙手沒有開口，可是他那雙貴婦人的手已慢慢垂下，利劍般的指甲也軟了。

這已是最好的答覆。

謝曉峰的手一翻，枯竹劍已入了柳枯竹腰帶上插著的劍鞘。

小弟已轉過身，面對著他，看著他，眼睛裡也帶著種無法描述的奇怪表情。

富貴神仙手已用那雙貴婦人的手拍了拍他的肩，微笑道：「你是不是忘了做一件事？忘了去謝謝三少爺的救命之恩？」

小弟垂下頭，終於慢慢的走過去，慢慢的跪下。

謝曉峰拉住了他的手，疲倦而憔悴的臉上彷彿有了光。

小弟忽又抬起頭，問道：「你……你爲什麼要救我？」

謝曉峰沒有回答，只笑了笑，笑得彷彿很愉快，又彷彿很悲傷。

他的笑容還在臉上，他的右手的脈門已被扣住。

被小弟扣住，用「七十二小擒拿手」最厲害的一招扣住。

就在這同一刹那間，單亦飛躍起，一腳向謝曉峰踢了過去，只聽「錚」的一聲響，他的木腳中突然彈出了一柄劍，他的人剛飛起，劍已刺入謝曉峰的肩頭。

這就是他的第二柄劍。

這才真正是他成名的殺手！

謝曉峰沒有避開這一劍。

因爲這一瞬間，他正在看著小弟，他的眼神中並沒有驚懼憤怒，只有悲傷、失望和痛苦。

直到劍峰刺入他的肩，鮮血飛濺而出，他的目光還沒有離開。

這時仇二和柳枯竹的劍也刺了過來，還有那雙貴婦人般的手，富貴神仙搜魂手。

謝曉峰還是沒有動，沒有閃避。

他右手的脈門雖然被扣住，可是他還有另外一隻手。

他爲什麼不動？

這位天下無雙的劍客，難道真的連一個孩子的擒拿手都解不開？

仇二的劍，比柳枯竹快。他刺的是謝曉峰左膝，左膝並不是人身要害，卻可以讓人不能行動。他的出手準確而狠毒，如果要傷謝曉峰的要害，絕不會失手。

他們並不想立刻要他的命。

這一劍謝曉峰也沒有躲開，劍鋒劃過，鮮血濺上了小弟的臉。

柳枯竹的劍也跟著刺了過來。

小弟忽然大吼，放開了謝曉峰的手，用力推開了他，卻用自己的臂，擋住了枯竹劍，劍鋒恰巧嵌入他的骨節。

「你瘋了。」

柳枯竹怒喝，拔劍，拔不出。

單亦飛凌空一翻，木腳中的劍合而又分，「燕子雙飛」。

仇二長劍斜掛，削謝曉峰的臉。

三把劍，三個方向，都快如閃電、毒如蛇蠍，只聽「奪」的一聲，仇二的劍忽然被一股力量打斜，釘入了單亦飛的木腳。

單亦飛重心驟失，身子從半空中落下，「格哎」一聲，手臂已被拗斷，掌中劍也不見了。

枯竹劍被小弟嵌住，小弟的人也被枯竹劍釘死。

富貴神仙的搜魂手又到了小弟的咽喉眉睫。

忽然間，劍光一閃，這雙貴婦人的手尖十指，已被一根根削斷，一根接著一根，血淋淋的落在地上。

劍光再一閃，鮮血又濺出，柳枯竹慘呼倒下時，小弟已飛出門外。

沒有人追出去，因爲門口有人。

謝曉峰奪劍、揮劍、削指、刺人，反手將小弟送出門外，身子已擋住了門。

現在每個人都已知道他就是謝曉峰，他的掌中有劍。

謝家的三少爺掌中有劍時，誰敢輕舉妄動！

就算他受了傷，就算他的傷口還在流血，也沒有人敢動！

直到他退出去很久，老和尚才長長嘆了口氣，道：「果然是天下無雙的劍法，果然是天下無雙的謝曉峰！」

剛才已被擊倒，一直僵臥在地上的竹葉青忽然道：「劍法確實是好的，天下無雙則未必。」

他居然慢慢的坐了起來，臉上居然又露出了微笑。

老和尚居然也不吃驚，只瞪了他一眼，冷冷道：「葉先生的劍法當然也是好的，剛才爲何不拔劍而起，與他一決勝負？」

竹葉青微笑道：「我比不上他。」

老和尚道：「你知道有誰能比得上他？」

竹葉青道：「至少還有一個人！」

老和尚道：「夫人？」

竹葉青微笑不答，卻反問道：「你見過夫人出手？」

老和尚道：「沒有。」

竹葉青道：「那只因夫人縱然要殺人，也用不著自己出手。」

老和尚道：「有誰能替她出手，將謝曉峰置之於死地？」

竹葉青道：「燕十三。」

請續看【三少爺的劍】下

三少爺的劍（上）

作者：古龍
發行人：陳曉林
出版所：風雲時代出版股份有限公司
地址：10576台北市民生東路五段178號7樓之3
電話：(02) 2756-0949　　傳真：(02) 2765-3799
封面原圖：明人出警圖（原圖為國立故宮博物館典藏）
封面影像處理：風雲編輯小組
執行主編：劉宇青
業務總監：張瑋鳳
出版日期：古龍珍藏限量紀念版2025年7月
ISBN：978-626-7510-64-3

風雲書網：http://www.eastbooks.com.tw
官方部落格：http://eastbooks.pixnet.net/blog
Facebook：http://www.facebook.com/h7560949
E-mail：h7560949@ms15.hinet.net
劃撥帳號：12043291
戶名：風雲時代出版股份有限公司

風雲發行所：33373桃園市龜山區公西村2鄰復興街304巷96號
電話：(03) 318-1378　　傳真：(03) 318-1378
法律顧問：永然法律事務所 李永然律師
　　　　　北辰著作權事務所 蕭雄淋律師

行政院新聞局局版台業字第3595號 營利事業統一編號22759935

定價：340元　

國家圖書館出版品預行編目資料

三少爺的劍／古龍 著.　-- 三版.--
臺北市：風雲時代出版股份有限公司，2025.07
冊；公分.（江湖人系列）古龍珍藏限量紀念版
ISBN 978-626-7510-64-3（上冊：平裝）
ISBN 978-626-7510-65-0（下冊：平裝）

857.9　　　　114002638